ÉLOGE D'UNE GUERRIÈRE

Thérèse de Lisieux

JEAN DE SAINT-CHERON

ÉLOGE D'UNE GUERRIÈRE

Thérèse de Lisieux

BERNARD GRASSET
PARIS

Photo de la bande : Dans l'église Notre-Dame,
une photo prise au printemps 1895. Thérèse de Lisieux
dans le rôle de Jeanne d'Arc dans sa prison,
dans une pièce qu'elle a elle-même écrite.
© Collection Marc Chaumeil / Divergence

ISBN 978-2-246-83206-5

Pour Diane, Mathilde
et Louise.

« Jamais l'amour ne trouve d'impossibilité,
parce qu'il se croit tout possible et tout permis. »

L'Imitation de Jésus-Christ, III, 5, 4

PROLOGUE

La fillette et la guerrière

Ma grand-mère paternelle, une femme tendre et pleine de fantaisie, a passé sa vie à fuir Paris pour la plage de Saint-Jean-de-Luz ou les planches de Trouville. D'une énergie sans pareille, éprise de liberté et n'aimant que la fête, elle faisait tout au pas de course, montrant parfois le visage capricieux des impatients. Capable de colères assourdissantes, elle nous couvrait de louanges tout autant : nous étions merveilleux, adorables, et avions intérêt à terminer la montagne d'escalopes et de tartes au sucre par quoi elle nous manifestait son amour, sinon elle jetterait tout et ne ferait plus rien le mercredi suivant. Malgré cette débauche d'affection pour ses petits-enfants, ses réserves de tendresse étaient profondes, et elle se sentait capable d'aimer en dehors de sa descendance en ligne directe. La plupart des filles étaient *des beautés*, les garçons *inouïs*. Les personnages célèbres qui lui plaisaient, qu'ils soient morts ou vifs, étaient également encensés. Ainsi quand elle parlait de Thérèse, la carmélite de Lisieux, elle disait : « Celle-là, je l'adore. »

Ma grand-mère n'était pas baptisée. Elle était juive. Mais elle allait brûler des cierges à sainte Thérèse dans les églises. Elle espérait retrouver après la mort ceux qu'elle avait aimés sur la terre, au premier rang desquels mon grand-père Jean de Saint-Cheron, tout ce qu'il y avait de plus catholique. D'une certaine manière, il me semble qu'elle y croyait. Je ne lui ai jamais demandé ce qui lui plaisait tant chez la petite Thérèse, ni pourquoi c'était à elle qu'elle s'adressait, plutôt qu'à la Vierge ou à Moïse, pour s'assurer la clémence de l'au-delà. Par une source secondaire mais fiable, j'ai appris que pendant la guerre, alors qu'elle était dans les peines de l'accouchement de son premier enfant (elle avait vingt ans), une voisine de chambre lui avait apporté une médaille de la sainte de Lisieux. Elle racontait que ça avait précipité la naissance de mon oncle Daniel. Un an plus tard, dans le couvent de Montluçon où elle était cachée avec ses bébés (elle en avait eu un deuxième entre-temps), elle avait été déguisée en religieuse dans la crainte d'une descente de la Gestapo. Quand elle me racontait cette histoire, elle ne me disait rien d'autre que : « Le voile m'allait à ravir ! » Au moins avait-elle cela en partage avec Thérèse. Peut-être aussi avait-elle reconnu, instinctivement, l'insatisfaction de la sainte, courant après la grande vie ? Ou bien était-ce leur goût commun pour les planches de Trouville ? On lui demandera plus tard. Ça fait bientôt dix ans qu'elle est au Père-Lachaise.

Voici donc Thérèse. Elle peut nous inspirer dévotion, admiration, méfiance, dédain ou indifférence. Nous pouvons connaître ou pas son histoire, ignorer jusqu'à son nom. Mais tous, nous l'avons vue. C'est cette jeune fille de plâtre, blanche ou polychrome, bouquet de roses et crucifix entre les bras, voile sur la tête et guimpe pour lui encadrer le visage. On la trouve dans toutes les églises du monde, un parterre de bougies rouges à ses pieds. Des vieilles marmottent des prières en l'implorant du regard. Quand elle se fait plus petite, elle se niche dans les commerces, les cafés, derrière la caisse ou parmi les bouteilles du comptoir. Où qu'on la croise, on la reconnaît à sa mise austère, à ses bonnes joues, à son sourire ténu, un peu grave. Il ne faudrait pas la confondre avec celle qui ne se tient jamais très loin, dans sa robe blanche à ceinture bleue : la Vierge de Lourdes. Elles ont plus ou moins la même clientèle.

Thérèse, c'est la bonne sœur au bouquet de fleurs.

Et on peut décider de s'en tenir là.

Mais si l'on veut rencontrer la femme de chair et de sang née à Alençon en 1873, morte à Lisieux en 1897, canonisée en 1925 et proclamée trente-troisième docteur de l'Église en 1997[1], il faut balayer la nigaude que le plâtre de couleur et les quelques formules célèbres qu'on lui attribue ont fait naître en nous.

Car Thérèse n'est pas sage comme une image.

Il n'est pas facile pourtant de s'en convaincre au premier abord. L'héroïsme de Jeanne d'Arc est plus flagrant. Certes les statues équestres, étendard au vent et cotte de mailles, ne font pas petite fille. Thérèse porte le fardeau de son allure pudique, et de cette langue XIXe qu'on dirait à l'eau de rose. Mais il faut se plonger dans les manuscrits autobiographiques de la sainte de Lisieux, éplucher sa correspondance ou consulter les témoignages de ceux qui l'ont connue pour être saisi par sa sainteté « si étrange, si secrète, suppliciée par les entrepreneurs et les simoniaques, avec son incompréhensible sourire » (Bernanos), et comprendre qu'elle aussi a passé sa vie sur un champ de bataille.

Évidemment, puisqu'elle est sainte. Le rapport intrinsèque qui lie la sainteté à l'art militaire n'étonnera aucun lecteur sérieux de la Bible ou de vies de saints : il n'est globalement question, dans tout le christianisme, que de guerre. Et au soir de sa vie de vingt-quatre ans, dont neuf dans le petit monastère qu'elle avait rejoint à l'adolescence – elle s'était bien sûr *battue* pour y entrer si jeune –, Thérèse n'aura de cesse, entre deux crises de tuberculose, de rappeler son opiniâtreté de combattante : *Je mourrai les armes à la main*[2]. *Moi qui suis un soldat si vaillant*[3] *!* Elle se tiendra le glaive au poing jusqu'à son dernier souffle mêlé de sang, face à la mort. Les pages qui suivent tâcheront de le faire voir.

Que fait-on alors de l'enseignement du Christ, qui n'en a que pour la paix (« Heureux les artisans de paix[4] »), le pardon (« Comme nous pardonnons à ceux qui nous ont offensé[5] »), la douceur (« Je suis doux et humble de cœur[6] ») ? Que fait-on de l'Évangile qui ne parle que d'amour (« Aimez-vous les uns les autres comme je vous ai aimés[7] ») ?

Ne lisons pas trop vite.

La Bible, pour désigner Dieu lui-même, parle du « Seigneur des armées[8] », du « Guerrier des combats[9] ». Et que l'on n'accuse pas l'Ancien Testament[10] d'être ancien ! Il n'est ni caduc ni poussiéreux. Pour s'en convaincre, il suffit d'ouvrir le *Nouveau* Testament, où ce même Christ qui parle d'amour, Jésus de Nazareth, met les pacifistes en garde : « Ne pensez pas que je sois venu apporter la paix sur la terre : je ne suis pas venu apporter la paix, mais le glaive[11]. »

Éclaircissons la chose. Saint Paul, fondateur d'églises en Asie mineure et en Europe au Ier siècle, « colonne » de l'Église (avec le premier pape saint Pierre[12]), auteur majeur du Nouveau Testament, à qui la théologie chrétienne doit un gros morceau de sa doctrine, parle incessamment de combats et de victoires, de luttes, d'adversaires, d'armures et de manœuvres[13].

L'homme n'était pourtant qu'un brave marchand de tentes. Son délire belliciste serait un cas isolé, on réglerait le problème en criant au fou. Mais outre les passages bibliques susmentionnés, depuis deux millénaires qu'il dure – on ne se demandera jamais assez par quel miracle –, le christianisme fait la guerre (et l'amour, c'est accordé, mais peut-être y a-t-il un lien entre les deux). Inquiet que le message ne soit pas passé, le pape actuel rappelait récemment depuis son balcon de la place Saint-Pierre que la vie de tout chrétien – pour ne pas dire de tout homme – était un « combat[14] ».

Comme son compagnon Pierre, l'apôtre Paul a d'ailleurs fini dans un bain de sang à Rome – l'un crucifié à l'envers, l'autre la tête tranchée. Être chrétien est un mauvais calcul pour vivre tranquille. À moins de jouer les pleutres. Or ces deux-là, Pierre et Paul, furent les premiers généraux d'une armée qui n'a jamais baissé les armes. L'armée des saints.

Pas moins qu'une autre, donc, *sainte* Thérèse est une soldate de cette armée. Et le programme du combat (le programme de la sainteté), détaillé dans la Bible, est on ne peut plus clair :

« Tu aimeras ton prochain[15]. » Pour donner l'exemple, Jésus-Christ (Dieu en personne) a décidé de naître dans une mangeoire, de faire le bien sans relâche en proclamant l'amour puis, au terme d'un procès truqué, de mourir sur un morceau de bois. Trois jours après, il est ressuscité – faisant comprendre à tout le monde que la vraie gloire n'était pas où l'on croyait, et que le secret de la béatitude était dans le don de sa propre vie par amour. Facile à dire, impossible à vivre. Là est pourtant le combat de la sainteté que Thérèse Martin a découvert et voulu mettre en œuvre : *Ah ! Seigneur, je sais que vous ne commandez rien d'impossible, vous connaissez mieux que moi ma faiblesse, mon imperfection, vous savez bien que jamais je ne pourrais aimer mes sœurs comme vous les aimez, si vous-même, ô mon Jésus, ne les aimiez encore en moi*[16]. Ces mots sont de 1897. Elle est à la fin de sa vie, au sommet de sa carrière. Mais elle parle en simple soldate de l'armée du Christ : *Oui je le sens, lorsque je suis charitable, c'est Jésus seul qui agit en moi ; plus je suis unie à lui, plus aussi j'aime toutes mes sœurs. Lorsque je veux augmenter en moi cet amour, lorsque surtout le démon essaie de me mettre devant les yeux de l'âme les défauts de telle ou telle sœur qui m'est moins sympathique, je m'empresse de chercher ses vertus, ses bons désirs, je me dis que si je l'ai vue tomber une fois elle peut bien avoir remporté un grand nombre de victoires qu'elle cache par humilité [...]. Vous pourriez croire que la pratique de la charité ne m'est pas difficile. C'est vrai, depuis quelques mois je n'ai plus à combattre pour pratiquer cette belle vertu ; je ne veux pas dire par là qu'il ne m'arrive jamais de faire des fautes, ah ! je suis trop imparfaite pour cela, mais je n'ai pas beaucoup de mal à me relever lorsque je suis tombée parce qu'en un certain combat, j'ai remporté la victoire ; aussi la milice céleste vient-elle maintenant à mon secours, ne pouvant souffrir de me voir vaincue après avoir été victorieuse dans la glorieuse guerre que je vais essayer de décrire*[17].

Cette guerre permanente à laquelle Thérèse doit sa gloire porte dans le christianisme le nom de « combat spirituel ». Il fut le lot de tous les saints.

À l'échelle individuelle, c'est la lutte de chacun contre soi-même pour faire le bien. Thérèse le méditera toute sa vie dans *L'Imitation de Jésus-Christ*, traité mystique du XVe siècle qui ramasse l'essentiel de la doctrine du combat spirituel.

Elle en connaît par cœur bien des passages dont elle émaille ses carnets de notes. La langue est vigoureuse : « Qui a un plus rude combat à soutenir que celui qui travaille à se vaincre ? C'est là ce qui devrait nous occuper uniquement : combattre contre nous-mêmes, devenir chaque jour plus forts contre nous, chaque jour faire quelques progrès dans le bien[18]. » Et sans surprise, le texte aux accents militaires engage à trouver la voie du bien dans les commandements de Dieu : « Celui-là possède la vraie science qui fait la volonté de Dieu et renonce à la sienne[19]. » Car par excellence, le combat du saint, c'est le combat de Jésus à l'heure de la Passion, faisant la volonté de son Père[20] : « Il n'y a pas de plus grand amour que de donner sa vie pour ceux qu'on aime[21]. »

À l'échelle sociale, ce combat dit spirituel est donc la lutte acharnée des troupes du Christ contre celles du diable qui, non content d'avoir pris Adam et Ève au filet du péché, a prétendu faire chuter Jésus en lui tendant les pièges de la chair, de la gloriole, de l'orgueil. Peine perdue[22]. Le triomphateur, dans le combat spirituel qui traverse toute l'histoire, c'est le Christ. Saint Ignace de Loyola, fondateur au XVIe siècle de la Compagnie de Jésus (les Jésuites), dans sa méditation des « Deux étendards »[23], présente ainsi la vie chrétienne comme un engagement à combattre sous les oriflammes du Christ plutôt que sous les infâmes bannières de Lucifer. Il faut choisir son camp, et le rechoisir chaque jour (car on peut chaque jour être tenté de passer à l'ennemi et à ses tentations grossières). Sauf que les combattants du camp divin ont un sérieux avantage : sûrs de la résurrection du Christ, ils le sont aussi de la victoire finale, et attendent d'être un jour avec lui, glorieux et éternellement heureux, dans son Royaume.

Dans le christianisme, comme le pape le rappelle aux éventuels déserteurs[24], ce combat de la sainteté n'est pas réservé à une troupe d'élite : c'est la vocation universelle, la seule aventure digne de ce nom, ce en dehors de quoi tout bonheur véritable est impossible.

Voilà donc le sens de la guerre dans le christianisme. Voilà le combat des saints.

Mais ce qui fait de Thérèse un combattant génial parmi les myriades de canonisés, c'est que non seulement elle s'est arrachée aux déterminismes psychologiques, sociaux et religieux qui voulaient faire d'elle une fille soumise, percluse de scrupules et terrifiée par un Dieu punisseur, mais encore que, plus que tout autre, elle a poussé à fond le paradoxe de l'Évangile : en même temps qu'elle se déclare guerrière, elle cherche à (re)devenir une enfant. (L'idée lui vient directement de Jésus : « Amen, je vous le dis : si vous ne changez pas pour devenir comme les enfants, vous n'entrerez pas dans le royaume des Cieux[25]. ») Elle a compris que là était la clé de l'histoire : accepter d'être un tout-petit, qui tire sa force de ce que lui donnent son père et sa mère, et qui n'a pas honte de réclamer. Double bataille donc : réclamer sans relâche la force d'aimer, s'efforcer d'aimer.

C'est de cela qu'il faut faire l'éloge.

*

Née en un temps où le catéchisme était su par cœur, dans une famille on ne peut plus chrétienne, Thérèse a bien à l'esprit toute une doctrine religieuse. Mais ce qui très vite la distingue du commun des mortels, c'est que pour elle la foi n'est pas une théorie, une opinion sur Dieu et sur le monde, ni même une conviction.

C'est une histoire d'amour. Et elle décide de la vivre chaque jour, comme elle seule peut la vivre, dans son bocage normand, sa famille, sa chambre d'adolescente, puis dans son cloître. Elle ne perd pas son temps à courir des chimères. La sainteté, le combat du bien contre le mal, les drapeaux pris à l'ennemi par les forces de l'amour ne sont ni un conte de fées ni une jolie histoire des temps passés. À ses yeux cela se joue au présent, dans la vie concrète, même la plus humble, même la plus cachée. Ce sera le génie de Thérèse de prouver que cette « glorieuse guerre » du combat spirituel est à la portée de tous. Que cette histoire d'amour ne lui est pas réservée. Par l'exemple de sa vie, elle révélera à tout être qu'il peut être à son tour, là où il se trouve, un grand saint. Comme on en voit sur les vitraux des cathédrales.

Il me semble que je n'ai jamais cherché que la vérité[26], murmurera-t-elle vingt-quatre heures avant sa mort. Son combat spirituel a donc une portée universelle, quoiqu'il prenne l'humanité à rebrousse-poil : elle proclame qu'*on ne peut faire aucun bien lorsqu'on se cherche soi-même*[27]. Halte au narcissisme, aux calculs mesquins et aux consciences assoupies, voici Thérèse proclamant ce qu'est l'amour : *Aimer c'est tout donner, et se donner soi-même*[28]. Elle voudrait en porter la nouvelle à la terre entière[29].

Pour bien le faire comprendre, elle a creusé jusqu'au bout le sens du don radical. La méditation de la mort et de la résurrection de Jésus lui a montré la voie de cet amour, à première vue impraticable : il faut mourir pour vivre. Car « si le grain tombé en terre ne meurt pas, il reste seul. Mais s'il meurt, il porte beaucoup de fruit. Qui aime sa vie la perd ; qui s'en détache en ce monde la gardera pour la vie éternelle[30] ».

Si nous connaissons si bien les trouvailles spirituelles de Thérèse, c'est parce qu'elle entreprit à vingt-deux ans d'écrire son autobiographie. On pourrait juger l'entreprise précoce ou prétentieuse. Erreur. Premièrement elle était tuberculeuse et sentait sa fin prochaine. Deuxièmement elle était religieuse, et devait obéissance à sa mère supérieure, laquelle lui avait expressément demandé de laisser par écrit le témoignage de sa vie, dont elle sentait l'exceptionnelle densité spirituelle.

Il faut pourtant admettre qu'il y a un os. Tous les livres de spiritualité parlent de l'humilité comme d'un préalable à l'amour, donc à la sainteté. Or dans les carnets qui prétendent raconter *l'histoire de son âme*, Thérèse se dit faite *pour la gloire*. Celle qui auréole génies, présidents, divas et opulents ? Ces états sont encore trop bas pour l'ambitieuse Thérèse. Il est écrit dans l'Évangile que « ce qui est prestigieux pour les hommes est abominable aux yeux de Dieu[31] ». Et Thérèse, qui cherche la vraie gloire, s'entretient directement avec le créateur du ciel et de la terre, lequel affirme : « L'orgueil d'un homme l'abaisse, celui qui est humble obtient la gloire[32]. » À la fin du XIXe siècle bourgeois, Thérèse Martin s'est laissé rejoindre par la vieille sagesse juive qui infuse tout le christianisme ; par ces paradoxes qui à longueur de versets voudraient retourner le cœur de l'homme, et lui laver le regard. D'où la grande découverte de sa vie : *Je pensais que j'étais née pour la gloire, et cherchant le moyen d'y parvenir, le bon Dieu [...] me fit comprendre que ma gloire à moi ne paraîtrait pas aux yeux mortels, qu'elle consisterait à devenir une grande Sainte[33] !*

Sa gloire, ce sera la sainteté, qui est un autre nom de l'amour. *Je ne veux pas être une sainte à moitié, cela ne me fait pas peur de souffrir pour vous*[34], dira-t-elle à Jésus. Parce qu'à cause de la blessure du péché qui sans cesse s'attaque à l'amour, on n'atteint pas la gloire sans passer par le feu, c'est-à-dire d'abord sans vaincre son amour-propre. *Ne croyons pas pouvoir aimer sans souffrir, sans souffrir beaucoup*[35]. Telle sera la guerre de Thérèse.

Pour qui s'est approché d'elle, que Thérèse est une guerrière est donc une évidence. L'objet du présent éloge est de contrarier les incrédules. Nous ne trahirons pas les cierges brûlés par ma grand-mère, ni la statue perchée sur les étagères des bistrots. Plusieurs, au cours des décennies passées, écrivains ou prédicateurs, ont prétendu « briser la statue » pour révéler la vraie Thérèse. Qu'il ait fallu taper, pourquoi pas : les idées reçues sont d'érosion lente. Mais on n'aplatit pas une montagne à coups de marteau. Et Thérèse est toujours là, dans les niches des chapelles, entre les bouteilles de calva, dans sa cape blanche et sous son voile noir, avec son sourire triste et sa croix qui ne fait pas peur. Le lyrisme poussiéreux de son langage XIXe n'est plus goûté par grand monde. Des bigotes de moins en moins nombreuses continuent de la vénérer. Quelques railleurs (également décroissants) continuent de la prendre pour une godiche. La plupart l'ignorent.

Elle est toujours là, pourtant. Et à y repenser, la statue n'est peut-être pas si laide. Il faudrait essayer de la polir. Le sang des roses en sortirait plus rouge.

1

Ardeur de l'enfance

Ego te baptizo, in nomine Patris, et Filii, et Spiritus Sancti. L'eau est froide en ce mois de janvier. L'histoire ne dit pas si Thérèse Martin, vieille de deux jours, s'est mise à pleurer ou à rire aux anges. Mais une chose est sûre : ses débuts sur terre sont marqués par la grâce d'une enfance heureuse. Fille de Louis et Zélie Martin, qui ont échangé leurs consentements voici quinze ans dans cette même église Notre-Dame d'Alençon où elle est baptisée le 4 janvier 1873, Thérèse est d'abord très aimée. *Toute ma vie le bon Dieu s'est plu à m'entourer d'amour, mes premiers souvenirs sont empreints des sourires et des caresses les plus tendres !... mais s'Il avait placé près de moi beaucoup d'*amour, *Il en avait mis aussi dans mon petit cœur*[36]. Ses deux parents sont très épris l'un de l'autre et débordent de tendresse pour elle, la petite dernière, qui babille sous le regard affectueux et grave de ses grandes sœurs. Marie, l'aînée, adorée par son père, aura bientôt treize ans. C'est la marraine de Thérèse. Suivent Pauline, douze ans, Léonie, dix, et Céline, quatre. Elles sont sages, et même sérieuses, dans leurs robes rehaussées des dentelles de Zélie, qui maîtrise le point d'Alençon comme personne.

Thérèse affirme que sa mémoire remonte au printemps 1874. La première période de sa vie, dont elle parle avec aplomb, s'étend *depuis l'éveil de [sa] raison* – à dix-huit mois, soutient-elle – *jusqu'au départ de notre Mère chérie pour la patrie des Cieux*[37], l'année de ses quatre ans.

Et malgré sa brièveté, *cette période n'est pas la moins féconde en souvenirs*[38]. L'autobiographie de la future sainte nous la montre sautillant dans un intérieur cossu à faire éructer Léon Bloy. Louis est horloger-joaillier, Zélie dentelière. C'est la bourgeoisie de province. Les affaires marchent bien, et tellement bien du côté de Zélie que Louis abandonne l'horlogerie pour aider à la gestion du commerce de dentelle. Mais surtout, chez les Martin, on est très chrétiens. Au point que c'en est bizarre : en 1858, après une rencontre coup de foudre sur le pont d'Alençon, Louis et Zélie se marient sans tarder, mais décident de ne pas coucher ensemble. Ils s'imaginent que c'est une bonne idée pour honorer le Seigneur. Un prêtre s'en étrangle et leur assure que le programme du mariage n'est certes pas l'abstinence – mortifiés, les époux révisent leurs pratiques et donnent naissance à neuf enfants, dont quatre mourront très jeunes. Restent cinq filles, qui toutes entreront dans les ordres. Était-ce la maison des fous ? « Si quelqu'un parmi vous pense être un sage à la manière d'ici-bas, disait le vieux Paul de Tarse, qu'il devienne fou pour devenir sage. Car la sagesse de ce monde est folie devant Dieu[39]. » Louis et Zélie Martin forment le premier couple canonisé de l'histoire.

Depuis son cloître, la carmélite se souviendra des *années ensoleillées* de sa *petite enfance* – deux, trois, quatre ans –, se rappelant la *douce empreinte* que cette époque a *laissée en [son] âme*[40]. La vie est suave parmi *les fleurs et les oiseaux*, entre deux parties de pêche avec son *roi chéri*[41] de père. La maison est vivante, les parents sont amoureux et attentionnés. On tâche de vivre concrètement l'Évangile. Thérèse se souvient des « pauvres » rencontrés au cours des « longues promenades » : *c'était toujours la petite Thérèse qui était chargée de leur porter l'aumône, ce dont elle était bien heureuse*[42]. Il y a aussi le rire pur des grandes vacances, les demi-bêtises, dont l'intrépide benjamine des filles Martin court se confesser – elle est scrupuleuse *et* veut être sainte –, et dont le récit évoque *Les Malheurs de Sophie* en moins grave.

Au milieu de ces jours de bonheur, comme une évidence, se tient le Seigneur, le « bon Dieu » que Thérèse ne connaît pas encore avec l'intensité de l'histoire d'amour à venir, mais qu'elle aime déjà et qu'elle associe, particulièrement le dimanche et les jours de fête, à la joie et au repos : *Les fêtes, je les aimais tant !... Vous saviez si bien m'expliquer, ma Mère chérie*[43], *tous les mystères cachés sous chacune d'elles que c'étaient vraiment pour moi des jours du Ciel. Les fêtes ! ah ! si les grandes étaient rares, chaque semaine en ramenait une bien chère à mon cœur : « Le Dimanche ! » Quelle journée que celle du Dimanche !... C'était la fête du bon Dieu, la fête du repos*[44]. Le bonheur, pressent-elle, a quelque chose à voir avec ce « bon Dieu » qu'elle voudrait contenter, comme pour lui rendre sa tendresse : *J'aimais beaucoup le bon Dieu et je lui donnais bien souvent mon cœur*[45].

Mais qu'est-ce que ça comprend, le cœur d'une fillette de deux ans ? Une chose est certaine, la vigueur de sa foi étonne les Martin : « Elle ne parle que du bon Dieu, elle ne manquerait pas pour tout à faire ses prières », écrit sa mère dans une lettre à Pauline. (Elle avoue même ne pas se lasser d'interroger la « petite », comme on fait dire cent fois la même chose à un enfant pour se délecter d'une réponse qui nous fait fondre. Thérèse répète donc inlassablement les mêmes comptines. « Elle trouve toute seule l'expression qu'il faut donner et le ton, mais c'est surtout quand elle dit : "Petit enfant à la tête blonde, où crois-tu donc qu'est le bon Dieu ?" Quand elle en est à "Il est là-haut dans le Ciel bleu", elle tourne son regard en haut avec une expression angélique[46]. ») Cette foi de l'enfance, qui a quelque chose de celle du charbonnier, est fondamentale dans la vie de Thérèse. Mais elle n'a rien d'extraordinaire dans une famille aussi chrétienne, se dit-on. Et lorsque la petite blonde de deux ans annonce à sa mère : *Je serai religieuse*[47], peut-être répète-t-elle simplement ce qu'elle entend dans la bouche de sa grande sœur Pauline, qui déjà lorgne une place au monastère.

On se ferait néanmoins de Thérèse une idée fausse si l'on s'arrêtait, pour comprendre la fermeté de sa foi, à des déterminismes de famille, de classe ou d'époque.

D'abord, et c'est très net malgré les heures de bonheur, Thérèse est loin d'être naïve. C'est une insatisfaite et une entêtée : « Quand elle dit "non" rien ne peut la faire céder, écrit Zélie, on la mettrait une journée dans la cave qu'elle y coucherait plutôt que de dire "oui"[48]. » Elle pleure beaucoup. Or il ne faudrait pas voir ici, malgré l'amour qu'elle reçoit des siens, les caprices d'une petite dernière. Thérèse se sent déjà faite, en réalité – elle l'écrira des années plus tard –, pour une vie dont la plénitude ne s'estompe pas, la vie éternelle, dont la douceur du dimanche n'est ici-bas qu'une figure passagère : *Cette joyeuse journée avait bien sa teinte de mélancolie. Je me souviens que mon bonheur était sans mélange jusqu'à complies*[49] *; pendant cet office, je pensais que le jour du repos allait finir… que le lendemain il faudrait recommencer la vie, travailler, apprendre des leçons, et mon cœur sentait l'exil de la terre… je soupirais après le repos éternel du Ciel, le Dimanche sans couchant de la Patrie*[50] *!…*

Banal blues du dimanche soir, serait-on tenté de conclure. Sauf que l'insatisfaction thérésienne, fortement teintée de théologie – ce qui déjà la distingue de l'expérience commune –, ne se limite pas au coup de déprime hebdomadaire. Elle se manifeste au rythme des jours, où des soucis minuscules donnent lieu à des crises effrayantes, dépeintes par sa mère. Il suffit d'un paquet de bonbons percé et vidé de son trésor, d'une petite bague en toc égarée dans la rue, d'un plaisir inassouvi, pour que l'enfant, aux dires de Zélie, « se met[te] dans des furies épouvantables ; quand les choses ne vont pas à son idée, elle se roule par terre comme une désespérée en croyant que tout est perdu, il y a des moments où c'est plus fort qu'elle, elle en est suffoquée[51] ». La frustration ordinaire d'un enfant, qui s'en tire par une bonne vieille colère, s'assortit chez Thérèse de hurlements de désespoir, dans des accès d'angoisse que rien ne semble pouvoir apaiser. Les mystiques ont souvent été vus comme de sérieux névrosés par la psychanalyse[52]. Mais là où certains commentateurs pointent chez Thérèse des signes névrotiques – voire une hystérie caractérisée –, on peut choisir de reconnaître autre chose, qui n'annule pas forcément l'analyse, mais la transcende. Typique de la mystique chrétienne et de son mépris d'un monde où tout est incomplet, décevant et vain, l'insatisfaction terrestre de qui se sent fait pour Dieu trouve une explication anthropologique assez classique dans le christianisme : l'homme est tellement grand que seul Dieu peut le remplir (cette idée est très explicite chez Pascal, par exemple[53]). Si la névrose de Thérèse, c'est l'insatisfaction, là où le psychanalyste se contente d'en chercher les causes dans la psyché, la mystique en creuse le sens. Sentir qu'il y a quelque chose en soi d'infiniment plus grand que soi mène infiniment plus loin que de faire la paix avec ses angoisses (ce qui n'enlève rien au bénéfice de cette première étape). Car l'expérience mystique touche à l'universel. Habité par une claire conscience du drame de l'existence humaine (et de sa finitude), mais sans se résigner pour autant, le mystique n'aspire ici-bas qu'à sortir de la prison où tout être gémit. Il est décidé à vivre vraiment, c'est-à-dire dans le bonheur et pour l'éternité : au Paradis. Tout ce qui est en-deçà de la plénitude pour laquelle il se sent fait le déçoit[54].

En toute chose, Thérèse perçoit que le monde d'ici-bas n'est pas à la mesure de son désir. Un drame rendu tangible jusque dans l'affadissement d'une tartine de confiture, un jour de promenade : *La terre me paraissait un lieu d'exil et je rêvais le Ciel… […] avant de partir je prenais la collation que j'avais apportée dans mon petit panier ; la belle tartine de confiture que vous m'aviez préparée avait changé d'aspect : au lieu de sa vive couleur je ne voyais plus qu'une légère teinte rose, toute vieillie et rentrée… alors la terre me semblait encore plus triste et je comprenais qu'au Ciel seulement la joie serait sans nuages*[55]…

Dans ses larmes de petite fille, la jeune Martin parle déjà de l'existence comme d'une « nuit » à laquelle elle ne se résignera pas. Parmi les prières quotidiennes, le *Salve Regina*, hymne à la Vierge remontant au Moyen Âge, occupe une place centrale : on le chante tous les soirs à complies. Or la vie terrestre y est justement dépeinte comme une « vallée des larmes » et un « exil ». Ces expressions, Thérèse les reprendra jusqu'à sa mort. Car elle se *sait* faite pour autre chose. Et elle n'a pas prévu d'abdiquer.

Un épisode contemporain des scènes de panique décrites par sa mère révèle en effet, avec le caractère absolu de son désir, son obstination à le satisfaire. Elle-même, des années plus tard, y verra d'ailleurs le *résumé de toute [sa] vie* : *Un jour, Léonie pensant qu'elle était trop grande pour jouer à la poupée vint nous trouver toutes les deux [Thérèse et Céline] avec une corbeille remplie de robes et de jolis morceaux destinés à en faire d'autres ; sur le dessus était couchée sa poupée. « Tenez mes petites sœurs, nous dit-elle,* choisissez, *je vous donne tout cela. » Céline avança la main et prit un petit paquet de ganses qui lui plaisait. Après un moment de réflexion j'avançai la main à mon tour en disant :* « Je choisis tout ! » *et je pris la corbeille sans autre cérémonie*[56].

La sagesse humaine a beau enseigner qu'il n'y a guère de choix sans renoncement, Thérèse n'en démordra pas : elle choisit *tout*. Non pas qu'elle *veuille* tout, au risque d'être déçue de ne pas tout obtenir au bout du compte. Non, elle ne se contente pas de tout vouloir, elle *choisit* tout. Faite pour la totalité, elle n'entend pas finir frustrée.

Mais cet appétit d'ogre est-il seulement satiable en ce bas monde ? Comment tout arracher à la vie, tout amasser pour soi-même, tout engloutir ? La question nous contraint à un bond dans le temps, puisque c'est avec la maturité que viendront le génie et la résolution du problème : *Ce petit trait de mon enfance est le résumé de toute ma vie ; plus tard lorsque la perfection m'est apparue, j'ai compris que pour devenir une sainte il fallait beaucoup souffrir, rechercher toujours le plus parfait et s'oublier soi-même ; j'ai compris qu'il y avait bien des degrés dans la perfection et que chaque âme était libre de répondre aux avances de Notre-Seigneur, de faire peu ou beaucoup pour Lui, en un mot de* choisir *entre les sacrifices qu'Il demande. Alors comme aux jours de ma petite enfance, je me suis écriée : « Mon Dieu,* "je choisis tout". *Je ne veux pas être une sainte à moitié, cela ne me fait pas peur de souffrir pour vous, je ne crains qu'une chose c'est de garder ma volonté, prenez-la, car "Je choisis tout" ce que vous voulez*[57] *! »*

Thérèse Martin, c'est l'immensité du désir et le refus obstiné de la frustration. C'est une vie passée à résoudre le dilemme étouffant du choix, à braver cette injonction au renoncement qui sans cesse lui est faite. Ce qui est impossible hors de la vie surnaturelle promise par la foi, elle le vivra en ce bas monde dans la foi, dans une vie concrète devenue surnaturelle. La sainteté n'est pas autre chose. Nous en verrons bientôt la mise en œuvre.

S'ajoutant à son insatisfaction, un deuxième trait rend impossible la réduction de l'ardeur chrétienne de l'enfant à des déterminismes, à l'obéissance à des conventions religieuses : elle est libre. Et si c'est dans l'obéissance qu'il faut chercher les prémices de son bellicisme, Thérèse nous enseigne que l'obéissance est la liberté suprême. Contrairement aux bien-pensants qui n'obéissent qu'au comme-il-faut et s'en contentent, elle veut être sainte. La volonté de Dieu est exigeante ? Qu'à cela ne tienne, avant quatre ans, Thérèse apprend à combattre contre elle-même, et s'en délecte : *Que j'étais heureuse à cet âge ! Déjà je commençais à jouir de la vie : la vertu avait pour moi des charmes et j'étais, il me semble, dans les mêmes dispositions où je me trouve maintenant, ayant déjà un grand empire sur mes actions*[58]. Très tranquillement, la fillette trouve une équivalence entre le fait de *jouir de la vie* et celui d'avoir un *grand empire sur [ses] actions*. Il faut se rappeler ses leçons de philosophie morale pour ne pas y voir un paradoxe : exercice non pas inné mais acquis du choix du bien en toute chose (que le vieil Aristote nomme *vertu*), cette capacité de Thérèse à dompter ses passions, qui suppose un entraînement, une discipline (un aguerrissement), procède d'abord, elle l'admet elle-même, de son amour-propre – fierté de guerrière –, ensuite de son amour du bien : *Comme j'avais de l'amour-propre et aussi de l'amour du bien, aussitôt que j'ai commencé à penser sérieusement (ce que j'ai fait bien petite) il suffisait qu'on me dise qu'une chose n'était pas bien, pour que je n'aie pas envie de me le faire répéter deux fois... Je vois avec plaisir dans les lettres de Maman qu'en grandissant je lui donnais plus de consolation*[59]. Cet « empire » sur soi-même en vue de faire le bien (ici faire plaisir à sa mère et, au fond, obéir à « la volonté du bon Dieu »), c'est exactement ce que la philosophie chrétienne et les théologiens – Augustin ou Thomas d'Aquin – appellent liberté[60].

Cette liberté coûte cher. Elle s'acquiert dans la maîtrise de soi, dans la renonciation à son inclination sensible ou pulsionnelle la plus immédiate (surtout lorsque cette inclination est mauvaise). Thérèse a compris très tôt que n'est pas libre celui qui se laisse aller au mal, car selon le mot du Christ, « celui qui commet le péché est l'esclave du péché[61] ». Les esprits les plus attentifs (ou les plus vaches) auront relevé dans la confession de Thérèse un motif douteux de faire le bien : son amour-propre – la vanité d'avoir bien fait et, idéalement, de se l'entendre dire. Mais sa finesse lui a fait devancer la remarque. Car tout cela faisait partie du plan de Jésus, affirme-t-elle. Jésus, sachant ses défauts, a consenti à s'en servir pour en tirer le bien : *Veillant sur sa petite fiancée*[62], *Jésus a voulu que tout tournât à son bien, même ses défauts qui, réprimés de bonne heure, lui ont servi à grandir dans la perfection*[63]. Comment donc ? C'est pourtant simple. L'amour-propre, le narcissisme, la vanité, orientés vers l'amour du bien avec lequel ils sont incompatibles, finissent par s'autodétruire. La logique est parfaite : qui veut être saint, même par amour-propre, ne supporte progressivement plus cet amour-propre, cette enflure de grenouille, incompatible avec la sainteté. Alors il entreprend de s'en débarrasser par un abaissement volontaire, une retenue, une attention accrue qui permettent de mieux voir, admirer ou servir l'autre. C'est-à-dire d'aimer son prochain comme soi-même. Ainsi meurt le péché. Mais c'est de mort lente. Car vingt ans plus tard, Thérèse en sera toujours à trouver des occasions de *mettre [son] amour-propre à sa place, c'est-à-dire sous les pieds*[64].

Dès la toute petite enfance, donc, Thérèse, qui n'a lu ni Augustin ni Thomas d'Aquin, pas même encore *L'Imitation de Jésus-Christ*, se montre plus avancée dans le combat spirituel que la plupart des théologiens. Son intelligence théologique, extraordinaire de précocité et de justesse, marque un rapport au divin qu'on ne saurait rattacher à aucun petit catéchisme normand. Sauf erreur d'instruction du dossier, il ne semble pas que l'Orne ou le Calvados aient engendré autant de docteurs de l'Église qu'il y avait de bambins dans les écoles de la région aux alentours de 1875. Or Thérèse, qui ne sait pas encore lire, est déjà, aux dires de Zélie, professeur de science sacrée : « Elle fait la joie, le bonheur de Marie et sa gloire, c'est incroyable comme elle en est fière. C'est vrai qu'elle a des reparties bien rares à son âge, elle en remontre à Céline qui est le double plus âgée. Céline disait l'autre jour : "Comment que cela se fait que le bon Dieu peut être dans une si petite hostie ?" La petite a dit : "Ce n'est pas si étonnant puisque le bon Dieu est tout-puissant." "Qu'est-ce que ça veut dire tout-puissant ?" "Ça veut dire qu'il fait ce qu'il veut."[65] » Saint Thomas d'Aquin, à six siècles de distance, reconnaît une sœur en doctorat, et s'incline dans son grand habit blanc : il n'a pas dit mieux dans la *Somme théologique*[66].

Cette intelligence du mystère de Dieu est difficilement explicable chez une enfant (même si Jésus avait prévenu : « Mon Père, je te bénis de ce que tu as caché ces choses aux sages et aux prudents et que tu les as révélées aux plus petits[67]. »). Mais une chose est sûre : cette intelligence la prépare au combat qu'elle devra mener. Car le ciel va bientôt s'obscurcir : *Oh ! Véritablement tout me souriait sur la terre : je trouvais des fleurs sous chacun de mes pas et mon heureux caractère contribuait aussi à rendre ma vie agréable, mais une nouvelle période allait commencer pour mon âme, je devais passer par le creuset de l'épreuve et souffrir dès mon enfance afin de pouvoir être plus tôt offerte à Jésus. De même que les fleurs du printemps commencent à germer sous la neige et s'épanouissent aux premiers rayons du soleil, ainsi la petite fleur a-t-elle dû passer par l'hiver*[68].

2

Épreuves

En décembre 1875, alors que Thérèse n'a pas trois ans, Zélie rapporte : « Le bébé est un lutin sans pareil, elle vient me caresser en me souhaitant la mort : "Oh ! que je voudrais bien que tu mourrais, ma pauvre petite mère !..." on la gronde, elle dit : "C'est pourtant pour que tu ailles au Ciel, puisque tu dis qu'il faut mourir pour y aller." Elle souhaite de même la mort à son père quand elle est dans ses excès d'amour[69] ! »

La mort n'est pas étrangère à la grande maison d'Alençon : outre ses quatre grandes sœurs, bien vivantes, Thérèse est la cadette de quatre petits morts[70]. Que la vie soit prise au berceau n'a rien d'exceptionnel à la fin du XIXe siècle, et ces quatre enfants, deux filles et deux garçons, ont quitté la vallée des larmes avant même que leur dernière sœur y fasse son entrée. Pourtant ces ombres qui la précèdent ne sont pas anodines. Thérère parlera souvent des *quatre petits anges*, leur adressera des prières. Mais tout de même, leur disparition appartient à une préhistoire, avec ce que cela charrie d'irréel. Bientôt ce sera plus concret. Elle va croiser la Grande Faucheuse.

Août 1877. Thérèse a quatre ans et demi.

Après l'échec du pèlerinage de la dernière chance à Lourdes, où Marie, Pauline et Léonie ont accompagné leur mère, Zélie, âgée de quarante-cinq ans, succombe aux assauts d'un cancer qui la torture depuis huit mois. Celle qui n'avait pas connu de douleur plus intense que la dessiccation d'une tartine est orpheline de mère.

Devant la mort physique, Thérèse discute moins théologie. Elle assiste à la cérémonie de l'extrême-onction, est témoin des sanglots de son père. La séparation, le manque, sont palpables et insupportables. Il faut à la petite fille déchirée quelque chose qui lui permette de survivre. Un expédient. Tout de suite. Devant le cercueil de sa mère, Céline, huit ans, s'est blottie dans les bras de Marie. À son tour Thérèse se jette sur

Pauline en criant : *Eh bien ! moi, c'est Pauline qui sera Maman*[71] *!...*

C'est à partir de cette époque de ma vie qu'il me fallut entrer dans la seconde période de mon existence, la plus douloureuse des trois [...]. Cette période s'étend depuis l'âge de quatre ans et demi jusqu'à celui de ma quatorzième année, époque où je retrouvai mon caractère d'enfant tout en entrant dans le sérieux de la vie[72]. Affirmation étrange. Thérèse annonce qu'elle est entrée « dans le sérieux de la vie » à l'âge où elle a retrouvé son « caractère d'enfant » ; c'est donc en rentrant dans l'enfance qu'elle en est sortie[73]. Durant près de dix ans, Thérèse aurait été une enfant sans en avoir le caractère ? Qu'est-ce que ça veut dire ?

En fait, elle va s'enfermer dans ce qui est une défiguration de l'enfance : la sensiblerie, la crainte, la puérilité. L'épisode est inavouable pour une guerrière. Mais les saintes avouent tout, ainsi qu'on le verra bientôt.

*

Mettre en terre sa femme adorée. Louis est sonné. Ville de ses amours avec Zélie, Alençon prend une teinte noirâtre. Vite, il faut changer de décor. Avec ses cinq orphelines, le *pater familias* déménage à Lisieux, dans le département voisin du Calvados. C'est une grosse ville, la capitale historique du pays d'Auge, entre bocages et plages élégantes (Cabourg, Houlgate, Deauville, Trouville). On se rapproche de la mer, mais surtout de la famille de Zélie, les Guérin : Isidore, Céline et leurs filles (Jeanne et Marie, neuf et sept ans). Les cousines s'aiment beaucoup. La maison que Louis a trouvée à louer porte le nom des Buissonnets. C'est une bâtisse de 1830 qui surplombe la route de Pont-Lévêque, ornée d'un curieux pignon savoyard, entourée d'un jardin. Thérèse y vivra ses années de formation, avec le passage des rites initiatiques – scolaires ou liturgiques. Elle apprend vite. Comme par hasard, *le premier mot que je pus lire fut celui-ci : « Cieux*[74] ». Du côté de l'église, comme un présage de la vie qui l'attend, après des heures d'ennui à entendre la messe, le premier sermon qu'elle comprend est un sermon sur la Passion[75].

Et les peines ne se font pas attendre, car à l'école tenue par les bénédictines, la benjamine est trop bonne élève pour être honnête, trop jolie pour être supportable : la voilà victime des méchantes. *Avec ma nature timide et délicate, je ne savais pas me défendre et me contentais de pleurer sans rien dire, ne me plaignant même pas à [Pauline] de ce que je souffrais, mais je n'avais pas assez de vertu pour m'élever au-dessus de ces misères de la vie, et mon pauvre petit cœur souffrait beaucoup*[76]... Il n'y a qu'à la maison, le soir, qu'elle trouve le réconfort, la tendresse après laquelle elle courra toujours. Son père est son « roi chéri », Pauline sa « Maman », Marie sa « Marraine », Léonie, plus effacée mais gentille, Céline sa compagne de jeux. Les lettres de Thérèse à cet âge vont droit au but : elle déborde d'amour, et n'a rien d'autre à dire. Ces deux exemples de 1877 et 1882 ont le mérite de la brièveté :

Ma chère petite Marie
Je t'embrasse de tout mon cœur puis Pauline aussi
Thérèse[77]

Ma chère petite Céline.
Je t'aime beaucoup tu le sais bien
Adieu ma chère petite Céline.

Ta petite Thérèse qui t'aime de tout son cœur.
Thérèse Martin[78]

Thérèse écrit aussi à la vieille prieure du couvent du Carmel où l'on va prier, à un quart d'heure à pied des Buissonnets : *Au revoir ma Mère chérie / Je vous embrasse bien tendrement comme je vous aime. / Votre Petite fille / Thérésita*[79]. Car les religieuses trouvent Thérèse irrésistible et la comparent à la Teresita de la Renaissance, nièce de leur mère espagnole, Thérèse d'Avila, 1515-1582, dite la Grande.

Malgré cette affection-là, la mélancolie plane. Le bonheur de la prime enfance n'est plus. Et quand la nostalgie est trop forte, la détermination à aimer s'effrite. Ça peut durer longtemps : pendant des mois, elle n'écrit plus la moindre lettre. Elle songe. Ce monde est trop étroit, mesquin. Ses aspirations trop grandes. Et elle a l'impression de mal faire. Pourquoi ne pas fuir là où la douleur n'atteint plus ? *Un jour, j'avais dit à Pauline que je voudrais être solitaire, m'en aller avec elle dans un désert lointain, elle m'avait répondu que mon désir était le sien et qu'elle attendrait que je sois assez grande pour partir*[80]. Mais où partiraient-elles ?

*

Quelques expériences de cette époque, toutefois, tirent Thérésita de sa torpeur, et réveillent ponctuellement celle qui n'a pas tout à fait oublié les lumières théologiques d'avant la mort de sa mère.

Ainsi à Trouville : *Jamais je n'oublierai l'impression que me fit la mer, je ne pouvais m'empêcher de la regarder sans cesse ; sa majesté, le mugissement de ses flots, tout parlait à mon âme de la grandeur et de la puissance du bon Dieu*[81]. À l'heure de la promenade sur la digue ou sur les planches, comme une mouette dans sa robe blanche, Thérèse est tentée par le narcissisme, ce concurrent grotesque de Dieu. Voyant les « regards admiratifs » des passants, entendant leurs paroles, la fillette comprend qu'elle est ravissante – « gentille », selon le terme désuet de l'époque. Et ça lui fait quelque chose. Elle découvre aussi que son père, que ses sœurs, ont toujours cherché à *ne laisser auprès [d'elle] aucune chose qui pût ternir [son] innocence, à ne [la] laisser surtout entendre aucune parole capable de faire glisser la vanité dans [son] cœur*[82]. Quelques heures plus tard, à la tombée du jour, assise avec Pauline sur un rocher, Thérèse ne lâche pas des yeux le sillon lumineux que laisse devant lui le soleil qui s'enfonce dans la mer, *image de la grâce illuminant le chemin que doit parcourir le petit vaisseau*[83] qu'elle est, en route vers le ciel sans couchant. Loin de se rebeller contre cette grande sœur qui aurait tout de même pu lui faire savoir qu'une fille aussi jolie pourrait avoir un succès monstre auprès des adolescents, Thérèse prend *la résolution de ne jamais éloigner [son] âme du regard de Jésus*, seul homme digne d'une amoureuse aussi exigeante. Elle se dit que loin d'être un mauvais puritanisme, la prévenante *affection dont [elle est] entourée aux Buissonnets [la fait] pour ainsi dire grandir.* Elle l'aguerrit contre tous les trop pâles reflets de l'amour. Et déjà la combattante se dresse contre le mensonge : *J'étais sans doute assez grande pour commencer à lutter, pour commencer à connaître le monde et les misères dont il est rempli*[84]. Elle a huit ans.

Plus tard, à la faveur d'un séjour à Alençon qui lui permet de prier sur la tombe de sa mère, elle confirme son aversion pour les mirages. Sa dureté rappelle celles des sages de l'Ancien Testament : *Le bon Dieu m'a fait la grâce de ne connaître le monde que juste assez pour le mépriser et m'en éloigner. Je pourrais dire que ce fut pendant mon séjour à Alençon que je fis ma première entrée dans le monde. Tout était joie, bonheur autour de moi, j'étais fêtée, choyée, admirée ; en un mot, ma vie pendant quinze jours ne fut semée que de fleurs... J'avoue que cette vie avait des charmes pour moi.*

La Sagesse a bien raison de dire : « Que l'ensorcellement des bagatelles du monde séduit l'esprit même éloigné du mal. » À dix ans le cœur se laisse facilement éblouir, aussi je regarde comme une grande grâce de n'être pas restée à Alençon ; les amis que nous y avions étaient trop mondains, ils savaient trop allier les joies de la terre avec le service du bon Dieu. Ils ne pensaient pas assez à la mort et cependant la mort est venue visiter un grand nombre de personnes que j'ai connues, jeunes, riches et heureuses !!! J'aime à retourner par la pensée aux lieux enchanteurs où elles ont vécu, à me demander où elles sont, ce qui leur revient des châteaux et des parcs où je les ai vues jouir des commodités de la vie ?... Et je vois que tout est vanité et affliction d'esprit sous le Soleil... que l'unique bien, c'est d'aimer Dieu de tout son cœur et d'être ici bas pauvre d'esprit[85]*...*

Son âme a beau être *loin d'être mûrie* (sensibilité extrême, crises de larmes, spleen chronique), Thérèse se fait le cuir contre l'irréalisme, l'illusion, les plaisirs éphémères. Si elle parvient à résister, c'est non seulement parce qu'elle reconnaît les pièges de l'adversaire, mais parce que depuis plusieurs mois elle sait la lâcheté des démons. Elle les a vus en rêve, dansant sur un baril de chaux dans le jardin des Buissonnets, des fers à repasser en guise de pieds. *Tout à coup ils jetèrent sur moi leurs yeux flamboyants, puis au même moment, paraissant bien plus effrayés que moi, ils se précipitèrent au bas du baril et allèrent se cacher dans la lingerie qui se trouvait en face. Les voyant si peu braves je voulus savoir ce qu'ils allaient faire et je m'approchai de la fenêtre. Les pauvres diablotins étaient là, courant sur les tables et ne sachant comment faire pour fuir mon regard ; quelquefois ils s'approchaient de la fenêtre, regardant d'un air inquiet si j'étais encore là et me voyant toujours, ils recommençaient à courir comme des désespérés. – Sans doute ce rêve n'a rien d'extraordinaire, cependant je crois que le bon Dieu a permis que je m'en rappelle, afin de me prouver qu'une âme en état de grâce n'a rien à craindre des démons qui sont des lâches, capables de fuir devant le regard d'un enfant*[86].

Ces expériences la fortifient contre les attraits de ce qui ne rassasie pas – une fille qui « choisit tout » ne saurait se contenter de confettis. Mais elles ne seraient rien si Thérèse ne faisait à la même époque la découverte de l'amour fou dont elle est aimée, et dont elle n'a pas encore de connaissance intime. Car il faut bien que quelque chose remplisse le gouffre.

Tout commence par une nouvelle épreuve.

*

Voyez cette quinzaine de femmes vêtues de brun et coiffées de noir, recluses autour d'un patio planté d'un calvaire et de quelques fleurs. Elles prient quatre heures par jour dans une chapelle à la façade néo-baroque, le reste du temps travaillent à l'entretien de la maison et du jardin, prenant en silence des repas perpétuellement maigres. Le carmel de Lisieux, comme tous ceux issus de la réforme thérésienne au XVIe siècle, n'est pas une sinécure[87].

Pauline, pourtant, y convoite une place. Souvent, elle en a parlé, un peu comme on rêve d'être cosmonaute ou princesse. Thérèse l'a écoutée, sans bien comprendre. Les bonnes sœurs qui l'appellent Thérésita lui paraissent d'un autre monde : on est carmélite ou on ne l'est pas, mais on ne peut pas le *devenir*. Ce serait trop étrange. Comment peut-on *entrer* au Carmel ?

Automne 1882. Thérèse a neuf ans. Elle surprend une conversation. La douleur lui brise le cœur. Ce ne sont plus des paroles en l'air, ni une lubie d'adolescente : l'aînée des sœurs Martin a bel et bien décidé d'entrer au Carmel. Cette vie d'une austérité quasi baroque va prendre à Thérésita sa « deuxième maman ». Elle la verra derrière une grille. *Ah ! Comment pourrais-je dire l'angoisse de mon cœur ?... En un instant je compris ce qu'était la vie ; jusqu'alors je ne l'avais pas vue si triste, mais elle m'apparut dans toute sa réalité, je vis qu'elle n'était qu'une souffrance et une séparation continuelle*[88]. Le réalisme de Thérèse, sorte d'anti-optimisme béat dont elle a déjà vérifié la pertinence à l'âge de quatre ans devant sa mère mise en bière, est enrichi d'une donnée nouvelle qui lui fait verser des *larmes bien amères*[89] : cette fois, c'est Jésus qui est coupable de la « mort » de sa seconde mère. *Jésus lui ravit sa chère maman, sa Pauline si tendrement aimée*[90]. Et le pire, c'est la brutalité de l'opération : *Si j'avais appris tout doucement le départ de ma Pauline chérie, je n'aurais peut-être pas autant souffert mais l'ayant appris par surprise, ce fut comme si un glaive s'était enfoncé dans mon cœur*[91]... Comment Jésus a-t-il osé ? Avant d'affronter la question, il faut survivre. Un glaive dans le cœur, ça fait trop mal pour se perdre en spéculations théologiques. Et Thérèse entrevoit une solution, la plus évidente : elle suivra sa sœur. Cela n'invalide pas d'emblée sa vocation, car le christianisme ne sépare pas la vie spirituelle de l'épaisseur charnelle des jours. Et les raisons les plus évidemment humaines, matérielles ou psychologiques sont les canaux qu'emprunte le ciel pour rejoindre la terre. Pour consoler sa sœur en larmes, Pauline lui a vanté les vertus du couvent où elle va mourir au monde. C'est une existence extraordinaire. Thérésita-qui-choisit-tout, à commencer par ce qu'il y a de mieux, se sent soudain faite pour cette captivité volontaire. Elle peut sécher ses larmes. Car tout s'éclaire, jusqu'au désir d'un

« désert lointain » : *Je sentis que le Carmel était le désert où le bon Dieu voulait que j'aille aussi me cacher… Je le sentis avec tant de force qu'il n'y eut pas le moindre doute dans mon cœur : ce n'était pas un rêve d'enfant qui se laisse entraîner, mais la certitude d'un appel divin ; je voulais aller au Carmel non pour Pauline mais pour Jésus seul… Je pensais beaucoup de choses que les paroles ne peuvent rendre, mais qui laissèrent une grande paix dans mon âme*[92]. Cette aspiration de Thérèse à la paix fait d'elle une authentique femme de guerre – c'est-à-dire qui ne se bat pas pour le plaisir immature de se battre.

Informées par Pauline des intentions de sa petite sœur, les carmélites ne remettent pas en cause la vocation exprimée par Thérésita (dont elles s'extasient de la joliesse lors de ses visites à sa sœur derrière la grille, ce dont la fillette finit par s'agacer[93]). Mais elles savent aussi qu'il y a un temps pour tout, et que l'épreuve de la patience est un lieu d'aguerrissement : *Ayant entendu mes grandes confidences Mère Marie de Gonzague crut à ma vocation, mais elle me dit qu'on ne recevait pas de postulantes de neuf ans et qu'il faudrait attendre mes seize ans*[94]…

La peine du départ de « Pauline chérie » reprend donc le dessus. Thérèse s'étonne que le soleil puisse continuer à *luire avec autant d'éclat* dans *le beau ciel bleu*, tandis que *son âme [est] inondée de tristesse*[95].

*

Il est surprenant de voir combien mon esprit se développa au sein de la souffrance, songe-t-elle, *il se développa à tel point que je ne tardai pas à tomber malade*[96]. Maux de tête continuels, insomnies, tremblements, boutons, délires : l'affection bizarre déroute les médecins autant que la petite malade. Son mal durera plus ou moins de décembre 1882 jusqu'au mois de mai 1883. La douleur intime, d'ordre spirituel, de l'arrachement à sa deuxième mère, est à l'origine de l'effondrement physique qui la cloue au lit. Car Thérèse sait que ce langage charnel de la fièvre, de l'extrême faiblesse, des céphalées, est la conséquence de la guerre de l'esprit qui se joue en elle à bas bruit. Et puis l'histoire sent trop le soufre pour être honnête. L'adversaire, le vieux diviseur, dira Thérèse à Pauline, est à coup sûr le maître d'œuvre de cette maladie étrange : *La maladie dont je fus atteinte venait certainement du démon, furieux de votre entrée au Carmel, il voulut se venger sur moi du tort que notre famille devait lui faire dans l'avenir, mais il ne savait pas que la douce Reine du Ciel veillait sur sa fragile petite fleur, qu'elle lui souriait du haut de son trône et s'apprêtait à faire cesser la tempête au moment où sa fleur devait se briser sans retour*[97]. Une combattante coriace de neuf ans et demi, chez qui Belzébuth reconnaît l'étoffe des David, des Samuel, des saints Innocents, est sur le point de se lever contre l'armée des ombres. Le démon les reconnaît au premier coup d'œil, ces enfants de malheur. Il faut les abattre avant qu'il ne soit trop tard, frapper celle dont l'esprit s'aguerrit dans la souffrance, et qui déjà veut se donner à Dieu.

Ce sera peine perdue : *Je crois que le démon avait reçu un pouvoir extérieur sur moi mais qu'il ne pouvait approcher de mon âme ni de mon esprit, si ce n'est pour m'inspirer des frayeurs très grandes [...]. Mais si le bon Dieu permettait au démon de s'approcher de moi il m'envoyait aussi des anges visibles... Marie était toujours auprès de mon lit me soignant et me consolant avec la tendresse d'une Mère*[98]. Car bien vite Marie a remplacé Pauline : *Ah ! qu'elle a souffert à cause de moi... combien je lui suis reconnaissante des soins qu'elle m'a prodigués avec tant de désintéressement*[99]... Céline aussi est un « ange visible », qui au lieu de jouer ou de courir la campagne s'enferme des heures au chevet de sa Thérèse fiévreuse, délirante. Léonie, la discrète, lit à la fenêtre, veillant à son tour la petite sœur malade. Mais ni l'affection des sœurs, ni la science des médecins, ni la force d'âme de la jeune alitée ne suffisent à la rétablir : *Ce n'étaient pas mes désirs qui pouvaient faire un miracle, car il en fallait un pour me guérir*[100].

M. Martin père, le roi Louis, a bien compris que le combat était d'ordre spirituel. Mais en bon bourgeois (commerçant, vendeur de dentelle), il sait aussi que les choses ont un prix. Alors il puise dans sa réserve. Une poignée de pièces d'or, le nerf de la guerre. On envoie la somme à Paris pour faire dire des messes à Notre-Dame des Victoires (tiens donc). Le 13 mai 1883, dimanche de la Pentecôte, Thérèse délire : « Mama... Mama... » Marie s'inquiète. La petite est embarquée dans *cette lutte forcée et inexplicable*[101] qu'est un combat avec le diable. Or celle qui écrase la tête du serpent, c'est la Femme[102]. Avec insistance, à genoux, on se tourne vers celle à qui on a envoyé un tas d'or et qui trône dans un coin de la chambre, grande statue de stuc blanc aux bras ouverts. *Ne trouvant plus aucun secours sur la terre, la pauvre petite Thérèse s'était aussi tournée vers sa Mère du Ciel, elle la priait de tout son cœur d'avoir enfin pitié d'elle*[103]. Le visage de la Vierge est celui d'une toute jeune fille, et le démon ne peut rien contre les enfants. *Tout à coup la Sainte Vierge me parut belle, si belle que jamais je n'avais vu rien de si beau, son visage respirait une bonté et une tendresse ineffables, mais ce qui me pénétra jusqu'au fond de l'âme ce fut le « ravissant sourire de la Ste Vierge ». Alors toutes mes peines s'évanouirent*[104].

Thérèse est guérie. Mais les épreuves ne la lâchent pas aussi vite : alors que sa famille jubile, elle est assaillie par les scrupules*. Peinée d'avoir

* Scrupules imputables, en grande partie, à la dureté de certains enseignements catholiques qu'elle a reçus de la part de prêtres, ainsi que l'attestent de nombreuses notes et témoignages de l'époque. Les âmes étaient facilement mises sous chape (peur de l'enfer, Dieu vengeur, etc.). Les scrupules étaient une maladie courante chez les jeunes catholiques soucieux de bien faire, et qui se faisaient de Dieu une image fausse. Thérèse aura le génie théologique suffisant pour tout renverser, finalement.

révélé la grâce du sourire de la Vierge à ses sœurs, elle finit par se demander si elle ne se serait pas organisé une petite maladie de circonstance, pour en tirer la gloire d'un miracle. *J'ai cru que j'avais fait exprès d'être malade et ce fut là un vrai martyre pour mon âme*[105]. Le salut viendra finalement de son confesseur, qui lui assure qu'il *n'était pas possible d'avoir fait semblant d'être malade au point où [Elle l'avait] été*[106]. Il faut se méfier des scrupules.

L'autre leçon fondamentale de l'expérience, c'est que l'amour des siens est inébranlable. Jamais on ne s'est plaint d'elle ni de ses délires, jamais sa parole n'a été mise en doute. La guerrière en formation comprend que cet amour auquel elle aspire (puisqu'il est le commandement de Jésus), elle en est l'objet avant d'en être le sujet. Toute sa vie, elle saura ce qu'elle doit à ses parents, à ses sœurs, mais aussi à son oncle et à sa tante Guérin, dont elle reçoit chaque jour la visite. La fidélité, la générosité des autres la bouleversent. Et Thérèse se souvient de l'Évangile : l'amour la précède. Il vient de Jésus. C'est donc de lui, qui n'est pas venu pour les bien-portants mais pour les malades[107], qu'elle tirera la force de se *venger* d'un tel amour : *Ah ! mes chères petites sœurs, que je vous ai fait souffrir !... personne ne vous avait fait autant de peine que moi et personne n'avait reçu autant d'amour que vous m'en avez prodigué... Heureusement j'aurai le Ciel pour me venger, mon Époux est très riche et je puiserai dans ses trésors d'amour afin de vous rendre au centuple tout ce que vous avez souffert à cause de moi*[108]. On verra plus tard ce que ça peut vouloir dire.

Enfin, le miracle de sa guérison n'est pas lié pour rien à l'intervention de Notre-Dame des Victoires, Vierge des guerriers, qui pour Thérèse s'est manifestée dans un sourire. Car bientôt la lutte reprend : la miraculée visite Pauline dans son « Carmel chéri » et se sent chaque jour davantage faite pour cette vie claustrale qu'elle n'a pas encore l'âge d'embrasser. Son « cœur trop plein » déborde, ou au contraire se fige. Son impatience la tourmente. Elle ne trouve le réconfort que dans la méditation et la lecture.

Dans sa chambre de fille, elle pense à celui qu'elle aime. Son lit est le lieu par excellence de la rencontre amoureuse, *et contrairement à l'épouse des cantiques j'y trouvais toujours mon Bien-Aimé*[109]. Le rapport de Thérèse à ce « Bien-Aimé » est complexe. Dieu est à la fois le Père, c'est-à-dire celui qui engendre et qui nourrit, celui de qui elle reçoit la vie ; mais il est aussi l'amant, le Fils, le Verbe fait chair par amour d'une humanité de chair. Le lien éternel (d'amour) qui unit le Père et le Fils porte en théologie le nom de Saint-Esprit : il est l'amour-personne. Mais c'est surtout à l'amant et au père que Thérèse s'adresse sans cesse, au point qu'on se demande si elle ne les confond pas. Ce trait qui ferait le bonheur des psychanalystes trouve une justification dans l'Évangile : « Qui m'a vu a vu le Père[110]. » Tout cela est bien compliqué. Jamais Thérèse ne se lance explicitement dans la théologie trinitaire, mais il est une vérité dont elle a conscience, et qui en un sens suffit à dénouer la difficulté : la volonté du Fils ne fait qu'un avec celle du Père[111]. Puisqu'ils sont un seul et même Dieu. Elle n'a donc rien de mieux à faire que d'apprendre à accomplir la volonté du Père en imitant le Fils. Ainsi qu'elle l'a lu dans les récits de Jeanne d'Arc et d'autres héroïnes faisant la volonté de Dieu, cela suppose de se battre : *J'avais un grand désir de les imiter, il me semblait sentir en moi la même ardeur dont elles étaient animées, la même inspiration céleste*[112]. Pourtant elle ne selle pas son cheval, ni ne se coupe les cheveux d'un coup de dague. Car ce qui la retient encore d'entrer dans le combat pour *devenir une grande sainte*, c'est la peur de souffrir. Et ainsi de n'être jamais heureuse. Les frustrations, les renoncements, les séparations : très peu pour elle. Et même si elle aspire à la vie du Carmel, même si elle a compris qu'il fallait s'oublier, et qu'on ne pouvait faire aucun bien en se recherchant soi-même parce que le narcissisme et l'égotisme, et toutes ces vieilles tentations-là, ne conduisent qu'à la solitude mortifère, même si elle sait qu'il faut que le grain accepte de mourir pour ne pas rester seul et porter du fruit, eh bien malgré cet excellent catéchisme, et cette lucidité sur sa propre vie, et toute la finesse spirituelle qu'on voudra, Thérèse n'est pas prête à mettre ce beau discours en pratique. En fait, elle va peu à peu découvrir que si ça lui fait trop peur, c'est parce qu'elle se fait une montagne de tout cet héroïsme fantasmé et de batailles gigantesques, alors qu'il s'agit de vivre au jour le jour. Là est le courage le plus pur, sans vaine gloire. Elle aspirait à être une guerrière de roman, elle est faite pour une gloire qui se tire de l'humus des jours : *Il est vrai qu'en lisant certains récits chevaleresques, je ne sentais pas toujours au premier moment le vrai de la vie*, et on l'imagine perplexe devant les images d'Épinal où elle ne voit pas comment se glisser. *Mais bientôt le bon Dieu me faisait sentir que la vraie gloire est celle qui durera éternellement et que pour y parvenir, il n'était pas nécessaire de faire des œuvres éclatantes mais de se cacher et de pratiquer la vertu en sorte que la main gauche ignore ce que fait la droite*[113]. Ce désir de sainteté *pourrait sembler téméraire si l'on considère combien j'étais faible et imparfaite*[114]. Mais Dieu peut tout, ainsi que le lui enseigne sa maîtresse d'armes en la matière, Marie : *Comme les illustres guerriers apprennent à leurs enfants le métier des armes, ainsi me parlait-elle des combats de la vie, de la palme donnée aux victorieux*[115]. Sa grande sœur lui apprend l'héroïsme des actes minuscules (faire la vaisselle sans le claironner, cueillir des fleurs pour les offrir, choisir la part de gâteau la moins attirante). *Marie me parlait des richesses immortelles qu'il est facile d'amasser chaque jour, du malheur de passer sans vouloir se donner la peine de tendre la main pour les prendre, puis elle m'indiquait le moyen d'être sainte par fidélité aux plus petites choses ; elle me donna la petite feuille « Du renoncement » que je méditais avec délices*[116]. Marie l'entraîne à tenir face aux coups portés par l'adversaire, dont les ruses sont trop énormes pour qui sait bien voir, trop mondaines, sans promesse de bonheur solide.

Thérèse veut progresser encore, et puisque les forces pour combattre viennent de Jésus, elle songe que c'est de lui qu'il faudrait se nourrir directement, comme on mange le cœur de son adversaire. Coup de chance, c'est ce que prévoit l'initiation chrétienne. Et à onze ans, l'heure de manger son bien-aimé approche.

Le jeudi 8 mai 1884, les pensionnaires de l'abbaye de Lisieux vont faire leur première communion : robe blanche, couronne de fleurs, buffet familial, avec curé en soutane et vieux oncles chargés de présents. *Le « beau jour entre les jours »*[117] *!...* C'est la joie sans nuage. Bien involontairement, la jeune Martin marque son étrangeté parmi ses camarades de classe : celle-là n'est pas comme tout le monde, et ça se voit. *Sa joie était trop grande, trop profonde pour qu'elle pût la contenir, des larmes délicieuses l'inondèrent bientôt au grand étonnement de ses compagnes, qui* *plus tard se disaient l'une à l'autre : « Pourquoi donc a-t-elle pleuré ? N'avait-elle pas quelque chose qui la gênait ?... Non c'était plutôt de ne pas voir sa Mère auprès d'elle, ou sa Sœur qu'elle aime tant qui est carmélite. » Elles ne comprenaient pas que toute la joie du Ciel venant dans un cœur, ce cœur exilé ne puisse la supporter sans répandre des larmes*[118]... Les pleurs de joie sont tout ce qu'il y a de plus commun chez les mystiques que chamboulent tout à la fois la découverte de l'amour de Dieu et sa cruelle absence (François d'Assise, Thérèse d'Avila ou Blaise Pascal[119]). Ce qui est moins commun, c'est d'être mystique à onze ans. Les cadeaux de circonstance la désintéressent : elle a enfin mis la main sur ce qui comblerait son désir, sa soif d'amoureuse. Elle a fait l'expérience sensuelle que son amant était là, bel et bien. *Ah ! qu'il fut doux le premier baiser de Jésus à mon âme !... Ce fut un baiser d'amour, je me sentais aimée, et je disais aussi : « Je vous aime, je me donne à vous pour toujours*[120]. » Elle n'attend que de recommencer[121]. *Depuis longtemps,* se souvient-elle, *Jésus et la pauvre petite Thérèse s'étaient regardés et s'étaient compris...* Mais elle ne s'était pas sentie vibrer encore. Tout se jouait surtout en pensée. *Ce jour-là ce n'était plus un regard mais une fusion, ils n'étaient plus deux, Thérèse avait disparu, comme la goutte d'eau qui se perd au sein de l'océan. Jésus restait seul, Il était le maître, le Roi*[122]. Ce qu'éprouve Thérèse est ici encore typique de la mystique chrétienne : en se donnant, l'amour provoque un mouvement d'amour chez celui qui l'a reçu, c'est-à-dire un abandon de soi-même, pour être tout à l'autre. Car l'amour n'est pas fait pour être gardé. Il se propage.

Alors qu'elle communie de nouveau un mois plus tard, Thérèse pleure derechef, en éprouve une douceur ineffable, et se répète les mystérieuses paroles de l'apôtre Paul : « *Ce n'est plus moi qui vis, c'est Jésus qui vit en moi*[123] *!...* » Sûre d'avoir mis la main sur le secret de l'amour, à grand renfort de ces formules qui débordent du cœur (« Je vous aime, je me donne à vous pour toujours »), elle se prépare à rentrer au monastère dès que son âge le lui permettra. Mais ça n'est pas le tout. Car depuis le XVIe siècle, les fillettes attirées par le Carmel bénéficient des leçons de la Grande Thérèse : la vraie mystique, c'est-à-dire l'union à Dieu, ce ne sont pas les larmes de joie d'une première communiante (quoiqu'elles soient un encouragement à bien faire) ; l'union à Dieu, c'est aimer comme Dieu aime. Pour passer des élans du sentiment (« Je vous aime ! ») au bouleversement concret de sa vie (« pour toujours »), qui est l'amour véritable, c'est un parcours du combattant, qu'on appelle conversion. Encore blottie tout contre Marie, Thérèse le sait[124].

*

Un soir, sa sœur lui parle de la souffrance qui frappe particulièrement certains êtres. Thérèse, confusément, mais d'un coup, perçoit l'inextricable nœud qui lie l'amour et la violence. La gloire et la croix. Jésus. *Je sentis naître en mon cœur un grand désir de la souffrance et en même temps l'intime assurance que Jésus me réservait un grand nombre de croix ; je me sentis inondée de consolations si grandes que je les regarde comme une des grâces les plus grandes de ma vie*[125]. L'ivresse de la première communion fait encore effet quelques jours, quelques semaines. Mais c'est désormais la souffrance qui attire Thérèse. Folie amoureuse ? Absurdité ? *La souffrance devint mon attrait, elle avait des charmes qui me ravissaient sans les bien connaître*[126]. Tout cela se clarifiera progressivement dans son esprit : onze ans, douze ans, treize ans. (Elle est au mitan de sa vie.) Sans que tout soit parfaitement net encore, elle comprend que l'heure approche d'entrer pour de bon dans le combat de l'oubli de soi-même, et de porter avec Jésus un peu de la souffrance du monde. La vocation carmélitaine dont elle parle sans l'avoir bien comprise encore (et qu'elle ne comprendra que des années plus tard, derrière les grilles du cloître), c'est précisément cela : choisir de souffrir par amour, comme en réparation du grand déséquilibre du monde, parce que l'amour n'est pas aimé, comme disait saint François d'Assise. Seule la mystique, qui n'est pas une activité solitaire mais la conscience d'appartenir au corps d'une humanité créée par Dieu par amour (et sans autre but que l'amour), permet d'entrevoir ce qui se joue ici : la solidarité au sens le plus fort du terme. Thérèse s'apprête, mystérieusement (comment pourrait-on en rendre compte par un schéma incontestable ?), à assumer *dans la souffrance* le péché qu'elle n'a pas commis (c'est ce qu'a fait Jésus sur la croix). Aimer implique de souffrir parce que le péché s'oppose à l'amour, mais qu'il faut aimer quand même. C'est pour cela que nous sommes faits. Rendre service à celui qui me hait est une souffrance (je n'attends nulle récompense, j'encours même l'insulte), mais mon amour peut guérir la haine de celui qui, soudain conscient d'être aimé, craque (sa haine se fissure). Le succès n'est pas toujours visible, ni garanti. Mais dans la comptabilité du Ciel, aucun amour n'est jamais perdu : « Ton Père, qui voit dans le secret, te le rendra. Ne vous amassez point de trésors sur la terre, où la rouille et les vers rongent, et où les voleurs fouillent et dérobent, mais amassez-vous des trésors dans le ciel, où ni la rouille ni les vers ne rongent, et où les voleurs ne fouillent ni ne dérobent[127]. »

*

Un mois après sa première communion, en juin 1884, suite et fin des sacrements de l'initiation chrétienne : Thérèse reçoit la confirmation des mains de l'évêque de Bayeux. Sa vocation à l'héroïcité s'y confirme : *En ce jour je reçus la force de souffrir*[128]… Pourtant, malgré les grâces tombées d'en haut et le désir d'être sainte, Thérèse n'a jamais été aussi sensible. Elle demeure esclave de ses crises, incapable de se maîtriser.

J'étais vraiment insupportable par ma trop grande sensibilité ; ainsi, s'il m'arrivait de faire involontairement une petite peine à une personne que j'aimais, au lieu de prendre le dessus et de ne pas pleurer, ce qui augmentait ma faute au lieu de la diminuer, je pleurais comme une Madeleine et lorsque je commençais à me consoler de la chose en elle-même, je pleurais d'avoir pleuré... Tous les raisonnements étaient inutiles et je ne pouvais arriver à me corriger de ce vilain défaut. Je ne sais comment je me berçais de la douce pensée d'entrer au Carmel, étant encore dans les langes de l'enfance[129] *!...* Cela durera encore deux ans, cahin-caha, avec la pénible impression de stagner entre velléité et résistances, désir d'être sainte et incapacité à se vaincre. (Faute de le désirer vraiment, en réalité. Saint Augustin a très tôt théorisé le drame de la volonté humaine qui à la fois veut se convertir et ne le veut pas. Le combat se joue dans une volonté malade qui désire faire le bien, et au même instant regimbe : « J'avais été touché de l'amour de la sagesse, et différais toujours de renoncer à des plaisirs purement terrestres pour travailler à la chercher[130] » ; « Mon esprit commande à soi-même, et il trouve en soi-même une forte résistance [...], c'est qu'il ne le veut qu'à demi, et qu'ainsi il ne commande qu'à demi[131] ». Ainsi s'éclairent les paroles de Paul : « Je ne fais pas le bien que je veux et commets le mal que je ne veux pas[132]. ») À cette période, Thérèse se plonge particulièrement dans *L'Imitation*, qu'elle voudrait enfin mettre en œuvre. *Je désirais la grâce « d'avoir sur mes actions un empire absolu, d'en être la maîtresse et non pas l'esclave*[133 134] ». Sa vanité, pourtant, est loin d'être vaincue. Chez une vieille fille qui lui donne des leçons, Thérèse devenant femme continue d'entendre qu'elle est terriblement jolie : *La vanité se glisse si facilement dans le cœur !... Une dame disait que j'avais de beaux cheveux... une autre en sortant, croyant ne pas être entendue, demandait qui était cette jeune fille si jolie et ces paroles, d'autant plus flatteuses qu'elles n'étaient pas dites devant moi, laissaient dans mon âme une impression de plaisir qui me montrait clairement combien j'étais remplie d'amour-propre*[135]. Elle prend conscience de ce qu'il va falloir abattre.

Or voilà qu'il faut encaisser une nouvelle épreuve : après que Léonie la taiseuse est entrée chez les clarisses d'Alençon le 31 mai 1886, le

Carmel de Lisieux, qui a reconnu dans la progéniture Martin de la graine de gladiateur, appelle Marie à son tour, le 15 octobre de la même année. Perdue, rongée par les scrupules, Thérèse se tourne vers le Ciel, et plus particulièrement vers ses frères et sœurs morts dans la fleur de l'âge : *Ce fut aux quatre petits anges qui m'avaient précédée là-haut que je m'adressai, car je pensais que ces âmes innocentes n'ayant jamais connu les troubles ni la crainte devaient avoir pitié de leur pauvre petite sœur qui souffrait sur la terre. [...] Leur départ pour le Ciel ne me paraissait pas une raison de m'oublier*[136] *!...* Miracle, ils répondent, la paix envahit son âme. Elle comprend qu'elle est aimée dans le Ciel, et trépigne d'impatience d'y rejoindre sa fratrie bienheureuse.

Malgré ces échanges fraternels qui l'apaisent un moment, Thérèse reste bloquée sur cette terre, dans un enlisement qui aurait pu durer un bout de temps. C'était compter sans la nuit de Noël 1886 – celle-là même qui convertit Claudel à Notre-Dame de Paris « près du second pilier à l'entrée du chœur à droite du côté de la sacristie », pendant le chant du *Magnificat* : le génial païen foudroyé sur place, saisi par l'évidence de Dieu, catholique *ad vitam*. À la même heure, à Lisieux, une *nuit de lumière* se lève enfin, et avec elle *la troisième période de ma vie, la plus belle de toutes, la plus remplie des grâces du Ciel*[137]...

Cette nuit-là engendra une guerrière en armure.

3

« *Il me revêtit de ses armes* »

En cette nuit où Il se fit faible et souffrant pour mon amour, Il me rendit forte et courageuse, Il me revêtit de ses armes et depuis cette nuit bénie, je ne fus vaincue en aucun combat, mais au contraire je marchai de victoire en victoire et commençai pour ainsi dire, « une course de géant[138] »[139] *!...*

Ceux qui s'attendent à voir surgir Bayard ou Du Guesclin ne seront pas déçus, car voici le miracle du 25 décembre 1886 : les Martin rentrent de la messe de minuit. Les Buissonnets sont plongés dans la pénombre. On allume des bougies. Devant la cheminée, les chaussures de Thérèse sont fourrées de cadeaux en tout genre. Il est l'heure qu'elle vienne les ouvrir, et son père et sa sœur s'extasieront avec elle devant chaque paquet déballé. Fatigué, songeant à ce décorum qui soudain lui semble puéril – sa « petite dernière » fêtera bientôt ses quatorze ans –, Louis souffle entre ses dents : « Enfin, heureusement que c'est la dernière année[140] ! » La princesse a entendu. *Ces paroles me percèrent le cœur*[141]. Céline, qui connaît Thérèse comme si elle l'avait faite, s'attend à une scène : reproches, sanglots, la frustration qui éclate – Noël gâché. Louis n'a rien vu venir, mais les pleurs brillent déjà dans les yeux de l'adolescente qui grimpe l'escalier quatre à quatre, défait son chapeau puis, d'un coup, plutôt que de fondre en larmes, se retourne, redescend les marches avec un sourire, tire ses cadeaux de la cheminée, et embrasse son père. Elle est heureuse. À son tour guéri de sa lassitude, Louis rit de bonheur.

Thérèse vient de comprendre : c'est par Jésus qu'on peut devenir adulte. Le miracle de cette nuit de Noël, c'est qu'elle se met à vivre ce qu'elle croit. Elle a enfin appris à aimer, c'est-à-dire à mourir (à renoncer à ses caprices, à ses larmes). La bonne théologie est pratique. (Comment en serait-il autrement, puisque le Verbe s'est fait chair ?)

En fait, Thérèse apprend tout simplement à croire. On lit dans la Bible que « la foi, si elle n'est pas mise en œuvre, est bel et bien morte[142] ». Il est donc impossible de croire avant d'avoir commencé à se convertir dans sa chair, dans ses actes[143]. *Ce fut le 25 décembre 1886 que je reçus la grâce de sortir de l'enfance, en un mot la grâce de ma complète conversion*[144].

La conversion de Thérèse, loin d'être le passage soudain de l'athéisme à la foi, sera une activité quotidienne, chaque jour recommencée, pour devenir « une grande sainte ». Elle s'est enfin jetée dans la bataille. *En un instant l'ouvrage que je n'avais pu faire en dix ans, Jésus le fit se contentant de ma bonne volonté*[145]. Thérèse a conscience d'avoir reçu de Dieu une « grâce », un don divin qui lui permet de se hisser à la vie surnaturelle – mourir à soi-même pour laisser Jésus aimer en elle. Mais elle comprend aussi que c'est par un acte de sa volonté que la conversion à l'amour a pu s'opérer (sourire à son père, plutôt que se lamenter sur son sort). Là sera le grand combat, puisqu'elle demeure libre à tout instant de retourner à ses vieilles marottes narcissiques ou pleurnichardes.

L'œuvre de Dieu en Thérèse est une sortie de l'enfance, dit-elle. C'est aussi l'irruption de l'amour oblatif en elle : *Je sentis en un mot la charité entrer dans mon cœur, le besoin de m'oublier pour faire plaisir et depuis lors je fus heureuse*[146] *!...* Jésus n'attrapant pas les mouches avec du vinaigre, et connaissant en Thérèse la femme de désir, il l'attire à l'amour : la jeune fille a senti le *besoin* de s'oublier. Non pas le devoir, ni la mission, mais le *besoin.* Et avec l'assouvissement vient la jouissance. Thérèse jouit de s'oublier. Paradoxalement, donc, la « grâce de sortir de l'enfance » est aussi celle d'y entrer. Ce sera là l'un des plus précieux secrets de Thérèse. La victoire de Noël 1886 lui a en effet permis de retrouver *la force d'âme qu'elle avait perdue à quatre ans et demi*[147], à la mort de sa mère. Car la clé de l'enfance, qui est également celle de la maturité combative, c'est la kénose – l'abaissement radical, à l'exemple du créateur de l'univers acceptant de se vider de lui-même pour se faire mortel, et souffrir. Thérèse s'abandonne à la volonté d'un plus fort qu'elle, au père qui nourrit et à l'amant qui entraîne. Le « sans moi vous ne pouvez rien faire[148] » de Jésus à ses disciples s'adresse tout aussi bien à Thérèse Martin : elle a compris en domptant ses passions (ici sa frustration et sa colère) qu'il lui fallait reconnaître sa faiblesse pour mieux la surmonter, c'est-à-dire pour laisser Jésus agir en elle. *C'est Lui seul qui, se contentant de mes faibles efforts, m'élèvera jusqu'à Lui et, me couvrant de ses mérites infinis, me fera sainte*[149].

Étonnant miracle, aux circonstances si banales, aux conséquences si grandes. Son sourire retrouvé, sa joie nouvelle, ce « besoin de s'oublier » au même instant découvert et comblé, c'est Jésus qui vit en elle[150]. La théologie n'est plus une formule, ni la mystique une consolation passagère. Tout cela est la vie concrète : des rires dans une nuit d'hiver.

Ces rires ont été rendus possibles par la confiance en Dieu (semblable à celle de l'enfant qui attend tout de son père) et par le courage du soldat qui reçoit les ordres : « Venez à moi, vous tous qui êtes fatigués et chargés, dit Jésus, et je vous donnerai du repos. Prenez mon joug sur vous et recevez mes instructions, car je suis doux et humble de cœur ; et vous trouverez du repos pour vos âmes[151]. » Ainsi l'amour impossible est-il rendu possible.

Thérèse se met donc à mieux écouter les ordres de Jésus. Celui qui ordonne l'amour s'adresse directement à elle. Il meurt en disant : « J'ai soif[152]. » Ce *cri de Jésus sur la croix retentissait continuellement dans mon cœur*[153]. La grâce fait d'elle une amoureuse attentive, et Thérèse entend ces paroles de l'Évangile comme pour la première fois, les comprend. *Ces paroles allumaient en moi une ardeur inconnue et très vive*[154]... Celui qu'elle aime a soif ; c'est à elle qu'il parle, c'est à elle de lui répondre. Comment s'y prendre ? « J'avais soif et vous m'avez donné à boire... Amen, je vous le dis : chaque fois que vous l'avez fait à l'un de ces plus petits de mes frères, c'est à moi que vous l'avez fait[155]. » À travers Jésus, c'est le grand peuple des pauvres, des pécheurs, des petits, qu'elle entend crier. *Je voulais donner à boire à mon Bien-Aimé et je me sentais moi-même dévorée de la soif des âmes*[156]. Ici s'exprime à nouveau le mystère du corps, cette solidarité qui est au cœur de toute la mystique chrétienne : l'humanité ne forme qu'un seul corps, uni, constitué d'êtres responsables les uns des autres, et faits pour s'aimer. Voilà la saine théologie. Jésus, vrai homme, est un membre de ce corps. Il est venu prendre toutes les peines, toutes les souffrances, toutes les injustices, pour que dans l'histoire du monde tout ce qui est fait à celui qui souffre (bien ou mal) lui soit fait à lui, qui est également

Dieu. C'est mystérieux, mais c'est ainsi que fonctionne la miséricorde : Dieu est pris aux entrailles quand un malheureux souffre. C'est *lui-même* qui souffre. Apaiser la soif d'amour d'un pauvre, d'un pécheur, c'est faire boire le Christ. Étonnament, le résultat pratique de cette conversion n'est pas pour Thérèse d'aller soigner les habitants des bidonvilles, c'est la décision d'entrer au Carmel. La vie qu'elle choisit pour étancher la soif des pauvres consiste à s'enfermer. Devenir prisonnière inutile et cachée, victime expiatoire d'on ne sait trop quoi, cheveux coupés et voile intégral. Bonne sœur. Puisqu'elle a reçu la grâce de s'oublier, éprouvant jusque dans ses entrailles qu'il n'est de vie heureuse que donnée, Thérèse a compris du même coup la vie carmélitaine : *Je sentis un grand désir de travailler à la conversion des pécheurs*[157]. Elle croit à la force de l'abandon et de la prière. Elle n'est pas spécialement militante de la sobriété heureuse, encore moins de la fuite du monde pour goûter au plaisir des solitaires. Elle perçoit l'œuvre rédemptrice du Carmel, sa fécondité mystérieuse. Dans l'économie de la foi et de l'amour, entrer au Carmel n'est pas une absurdité : c'est par le don de sa vie dans la prière que Thérèse fera boire l'humanité altérée. Mais comment est-ce possible ?

Cette troisième période qui commence sera le temps des grandes manœuvres, et l'*époque où je retrouvai mon caractère d'enfant tout en entrant dans le sérieux de la vie*[158]. Il est l'heure de se faire religieuse.

Thérèse se confie à Céline, que cela déchire d'abord – à l'idée d'être séparée de sa dernière sœur et de rester seule aux Buissonnets avec son vieux père. Mais, stoïque, elle accepte finalement *le sacrifice que le bon Dieu lui demandait*[159]. Les autres sœurs sont plus circonspectes, en particulier les carmélites – Pauline et Marie –, qui voient d'un drôle d'œil cette lubie de la reine Thérésita, quatorze ans et des poussières, qui voudrait se faire religieuse sur-le-champ. *Marie, trouvant que j'étais trop jeune, faisait tout son possible pour empêcher mon entrée. Pauline, afin de m'éprouver, essayait de ralentir mon ardeur. Bref, mes parloirs au Carmel m'étaient devenus de plus en plus pénibles, je ne pouvais parler de mon désir d'entrer sans me sentir repoussée.* Les obstacles sont tels que *si je n'avais pas eu vraiment la vocation, je me serais arrêtée dès le début*[160]. Mais

Thérèse est en marche. Et comme pour achever de la convaincre, un signe gigantesque va lui être donné qu'une vie de prière n'est pas stérile.

*

Une femme égorgée dans sa chambre. Une autre gisant sur le tapis (la gorge ouverte tout autant). Et, frappée dans son lit, la tête décollée du tronc et les doigts d'une main salement entaillés, une fillette de neuf ans. Au milieu de toute cette viande froide, dans la flaque de sang séché sur laquelle se penche l'inspecteur Jaume, une empreinte de soulier d'homme. La scène est rue Montaigne, Paris VIIIe, le 17 mars 1887. La police identifie rapidement Régine de Montille, quarante ans, courtisane, de son vrai nom Marie Regnault. C'est son appartement. Les deux autres sont Annette Grémeret, femme de chambre, et sa petite fille Marie-Louise. Les bijoux et l'argent ont disparu du coffre, la Sûreté ne cherchera pas d'autre mobile.

Le *Journal illustré* écrase en pleine page les portraits des trois victimes à la morgue, nues sous les draps blancs retroussés, les visages figés dans une expression étrange, entre peur et incrédulité.

Quelques jours après l'arrestation d'un innocent (fausse piste orchestrée par le criminel : des boutons de manchette, une ceinture, des lettres, le tout au nom de Gaston Gessler, ont été retrouvés dans la chambre de la demi-mondaine), l'auteur du triple meurtre est pincé à Marseille. Il était occupé avec les filles de la rue Ventomagy, chez la Mère Aline, payée à coups de bijoux. L'honnête maquerelle, voulant en avoir le cœur net, a alerté le commissaire Court, qui comme tous les flics de France a reçu la liste des bijoux volés à Régine de Montille. Ça correspond. Vous êtes en état d'arrestation.

Henri Pranzini est du genre irrésistible. Rouflaquettes, melon, redingote, accent italien, le vrai rastaquouère. Il parle huit langues, a toutes les manières du monde et fait l'amour comme un héros grec. Pendant l'instruction puis le procès au cours duquel il nie avoir tué quiconque, il demande régulièrement des nouvelles du fils de maître Edgar Demange, dont il a su qu'il souffrait de la typhoïde. Mais ces derniers numéros de charme opèrent moins bien que d'habitude : il y a quand même trois cadavres, dont une fillette décapitée. Arrêté le

21 mars 1887, Pranzini est condamné à mort le 13 juillet. Le travail est confié à Louis Antoine Stanislas Deibler, exécuteur des hautes-œuvres, pour le 31 août.

Comme tout le monde, Louis Martin reçoit le journal, qu'il feuillette en tirant sur sa bouffarde. Dans un coin du salon, discrète, Thérèse découvre Pranzini et son œuvre violente. *J'entendis parler d'un grand criminel qui venait d'être condamné à mort pour des crimes horribles*[161]. Elle semble moins effrayée par les faits que par l'endurcissement de l'assassin, qui n'exprime pas le moindre signe de repentir. Outrage suprême, il refuse absolument de voir un prêtre. *Je voulus à tout prix l'empêcher de tomber en enfer [...] ; sentant que de moi-même je ne pouvais rien, j'offris au bon Dieu tous les mérites infinis de Notre-Seigneur, les trésors de la Sainte Église, enfin je priais Céline de faire dire une messe dans mes intentions*[162]. Ainsi se jette-t-elle dans le combat pour la miséricorde, en priant.

Malgré l'interdiction de lire le journal – son père lui défend l'accès aux nouvelles pour préserver son âme blanche des monstruosités du monde –, Thérèse ne croit pas mal faire en prenant des nouvelles de son petit protégé, et en s'en tenant strictement aux colonnes qui traitent de son procès et de ses suites : *Je ne croyais pas désobéir en lisant les passages qui parlaient de Pranzini*[163]. L'amour se croit tout permis, et la miséricorde dont Thérèse se sent désormais dépositaire prime tout le reste. Pranzini ne veut pas prendre le chemin du fils prodigue ? Qu'à cela ne tienne, elle l'a lu dans *L'Imitation*, « jamais l'amour ne trouve d'impossibilités[164] ».

Thérèse offre son cœur pour le salut de l'âme de l'ignoble égorgeur, du gigolo, du détrousseur de demi-mondaines, du beau parleur en redingote. Elle prie de toutes ses forces. Elle ne doute pas que le Seigneur exauce toujours les prières quand elles sont justes (c'est écrit dans l'Évangile). Elle finit par mettre Céline dans le coup, à qui elle avait d'abord caché ses intentions, l'entraînant à prier avec elle pour que Pranzini se convertisse, qu'il aille au Paradis et soit enfin heureux. *Je sentais au fond de mon cœur la certitude que nos désirs seraient satisfaits, mais afin de me donner du courage pour continuer à prier pour les pécheurs, je dis au bon Dieu que j'étais sûre qu'Il pardonnerait au pauvre malheureux Pranzini, que je le croirais même s'il ne se confessait pas et ne donnait aucune marque de repentir, tant j'avais confiance en la miséricorde infinie de Jésus, mais que je lui demandais seulement « un signe » de repentir pour ma simple consolation*[165]... Pas si folle. On peut supposer que c'est aussi sa vocation elle-même (« continuer à prier pour les pécheurs »), qui attend une confirmation d'en haut. Le lendemain du 31 août, date fatidique et dernier espoir de consolation pour Thérèse (une fois jeté sans tête dans la fosse commune, son protégé sera moins disert sur sa conversion), elle se rue sur le quotidien plié sur un guéridon, y découvre le récit de l'exécution[166] :

Pranzini dort profondément. À deux reprises, M. Bauquesne le secoue pour le réveiller. L'assassin de Marie Regnault se dresse sur sa couche, jette des yeux hagards tout autour de lui et pousse un cri rauque. Quel réveil ! En réalité, le misérable n'a cessé de compter sur sa grâce. Il fait de violents efforts pour parler un peu.

— C'est un crime que l'on va commettre. Je suis innocent !

Et il ajoute, en faisant un violent effort pour paraître calme :

— La seule chose que je regrette, c'est de n'avoir pu embrasser ma mère. En quelques secondes, la face est devenue livide.

— Du courage, Pranzini, lui dit M. Bauquesne.

Votre crime était trop grand. M. le président de la République n'a pu vous faire grâce. Sachez bien mourir et racheter ainsi votre faute. [...]

Il s'habille en tremblant, balbutie des phrases incohérentes. Puis il demande de l'eau froide pour se laver le visage et les mains. [...]

Enfin, on le mène à la salle du greffe, où Deibler et ses aides attendent, depuis quelques instants, qu'on le leur livre.

Là on coupe ses cheveux, on échancre le col de sa chemise, on le ligote, et à cinq heures moins deux minutes, pendant que les oiseaux chantent dans les arbres de la place, qu'un murmure confus s'élève de la foule, le commandement de sabre en main retentit, un cliquetis de fer résonne, les lames brillent, et sur le seuil de la prison, dont la porte s'ouvre, l'assassin paraît livide.

L'aumônier se met devant lui pour lui cacher la sinistre machine. Les aides le soutiennent. Il repousse et le prêtre et les bourreaux. Le voici devant la bascule. Deibler le pousse et l'y jette. Un aide, placé de l'autre côté, lui empoigne la tête, l'amène sous la lunette, le maintient par les cheveux.

Mais avant que ce mouvement se soit produit, peut-être un éclair de repentir a-t-il traversé sa conscience. Il a demandé à l'aumônier son crucifix. Il l'a deux fois embrassé.

Ah ! mes larmes trahirent mon émotion et je fus obligée de me cacher[167]... Toute la théologie thérésienne de la miséricorde – qu'elle aura ses années au Carmel pour parfaire – se confirme. Jésus aime les pécheurs. Il n'attend que leur libre retour à la confiance et à l'amour. Ainsi dit-elle de Pranzini, sans hésiter une seconde, que *son âme alla recevoir la sentence miséricordieuse de*[168] Jésus, qui accueille les pécheurs revenus à lui avec plus de joie que les « purs » qui ne se reprochent rien. Et le signe lui est particulièrement adressé à elle, Thérèse, puisqu'elle se souvient que c'est en priant devant un crucifix, devant les plaies de Jésus, criminel injustement condamné, que la *soif des âmes était entrée dans [son] cœur.* Se découvrant servante de la miséricorde de Dieu, elle veut par la prière servir d'intermédiaire, pour que soient enfin réunis le Sauveur assoiffé et les pécheurs pardonnés. Or ce jour-là, *les lèvres de « mon premier enfant » allèrent se coller sur les plaies sacrées !!!... Quelle réponse ineffablement douce*[169] *!...* Thérèse n'en doutait pas (jamais l'amour ne trouve d'impossibilités), elle était « sûre » que le bon Dieu pardonnerait à Pranzini, mais elle est bien contente qu'il l'encourage par un signe aussi éclatant. Dans les semaines qui suivent, en se retournant sur le miracle Pranzini, elle comprend que la prière est un mode d'action redoutable pour que la volonté de Dieu soit faite sur la terre comme au ciel : *Ah ! depuis cette grâce unique, mon désir de sauver les âmes grandit chaque jour, il me semblait entendre Jésus me dire comme à la samaritaine : « Donne-moi à boire ! » C'était un véritable échange d'amour*[170]. Elle s'ancre dans la certitude non seulement que sa stratégie est la bonne, mais que Jésus, l'amant qui bientôt la fera reine, continue de lui accorder ses grâces : « Passant près de moi, Jésus a vu que le temps était venu pour moi d'être aimée, Il a fait alliance avec moi et je suis devenue sienne. [...] je suis devenue belle à ses yeux et il a fait de moi une puissante reine[171] », lit-elle dans la Bible. *Oui Jésus a fait tout cela pour moi*[172]. Avec sa ténacité, et un tel amoureux pour allié, la vertu de la guerrière grandit, et le combat gagne en facilité : *La pratique de la vertu nous*[173] *devint douce et naturelle ; au commencement mon visage trahissait souvent le combat, mais peu à peu cette impression disparut et le renoncement me devint facile même au premier instant*[174]. De tels progrès ne peuvent qu'affermir sa vocation à se cacher dans l'ombre d'un cloître, pour qu'éclate aux yeux du monde la miséricorde de Dieu[175].

4

À la pointe de l'épée

L'épisode Pranzini est fondateur. Thérèse a désormais la preuve que Dieu n'est pas un méchant punisseur. Et que la rance religion du scrupule est un mensonge.

En peu de temps le bon Dieu avait su me faire sortir du cercle étroit où je tournais ne sachant comment en sortir. En voyant le chemin qu'Il me fit parcourir, ma reconnaissance est grande, mais il faut bien que j'en convienne, si le plus grand pas était fait il me restait encore bien des choses à quitter. Dégagé de ses scrupules, de sa sensibilité excessive, mon esprit se développa[176]. Après une longue période essentiellement nourrie de *L'Imitation* (qu'elle ne reniera ni ne lâchera jamais, et qu'elle sait presque par cœur[177]), puis des conférences d'un certain abbé Arminjon « sur la fin du monde présent et les promesses de la vie future », homélies qui la plongent dans un bonheur qui n'est pas de la terre, Thérèse ouvre une bonne fois pour toute le livre source, l'Évangile, jusque-là essentiellement connu par les textes entendus à la messe. C'est la claque. Et une confirmation : « Je ne suis pas venu appeler des justes mais des pécheurs[178] » ; « Celui à qui on pardonne moins aime moins[179] » ; « Allez apprendre ce que signifie "C'est la miséricorde que je veux et non le sacrifice"[180] ». Tout est là. Toute la vocation de Thérèse, toute sa vie. Henri Pranzini est infiniment aimé de Dieu, au même titre qu'elle, Thérèse Martin. Jésus est mort et ressuscité pour chacun des hommes, chacun est aimé par lui d'un amour parfait. Et cet amour n'a pas d'autre fin que de conduire au bonheur Pranzini, aussi bien que la fille Martin. Sauf que cette dernière ayant été très tôt informée de la vérité, elle a la lourde charge d'en être digne. *Ah ! si des savants ayant passé leur vie dans l'étude étaient venus m'interroger, sans doute auraient-ils été étonnés de voir une enfant de quatorze ans comprendre les secrets de la perfection, secrets que toute leur science ne leur peut découvrir, puisque pour les posséder il faut être pauvre d'esprit*[181] *!…*

À certaines heures elle continue de chuter. Elle n'est pas Dieu encore. Mais *le bon Dieu tient compte de nos faiblesses,* et *connaît parfaitement la fragilité de notre nature*[182]. C'est décidé, elle ne tombera plus dans la peur, ce piège du diable.

Le gros de la vie de Thérèse est en place : elle a décidé d'être heureuse. Elle a accueilli l'Esprit du Christ, ce feu dévorant dont saint Paul assure qu'il produit en l'homme « amour, joie, paix, patience, bonté, bienveillance, fidélité, douceur et *maîtrise de soi*[183] ». Elle dompte ses passions égoïstes et stériles, débusque l'ennemi dans les plus petites choses. Elle est mûre pour le Carmel, cette milice du ciel et de la terre.

*

Dès le IVe siècle, le thème de la *militia Christi* s'est développé pour décrire le monachisme naissant, celui des Pères du désert. À la suite de saint Antoine – le barbu décharné qui résista aux grasses tentations plus tard dépeintes par Bosch, Flaubert ou Dalí –, des solitaires partaient dans le désert d'Égypte, la Thébaïde, où sous le cagnard et parmi les bêtes sauvages, ils s'adonnaient à la prière et aux mortifications pour le salut des pécheurs. En un mot, ils décidaient d'affronter les tentations auxquelles la plupart de leurs semblables, loin du désert, succombent. Il s'agissait de résister aux pensées animales, de les vaincre et, par un mystérieux jeu de substitution, d'œuvrer au pardon de ceux qui, dans les villes, se laissent aller au vice. Car le christianisme étant par essence social, on n'y vit non pas pour soi seul, mais pour le « corps » composé de tous[184]. La vie des solitaires était donc une lutte de chaque instant contre les mensonges du diable, ce vieux séducteur transformiste, dont l'art présente sous un jour charmant ce qui conduit au malheur.

Peu à peu, le mode de vie ascétique intrigua, attira, se diffusa. Certains combattants du Christ se regroupèrent pour se serrer les coudes, formant les premiers monastères. Au Ve siècle, dans l'actuelle Algérie, saint Augustin imagina une règle de vie en commun. Pendant ce temps-là, saint Martin, saint Jean Cassien ou saint Césaire importaient la vie monastique en Occident. On fondait des abbayes. Mais c'est dans l'Italie des Ve et VIe siècles que saint Benoît de Nursie, auteur de la grande règle monastique qui allait traverser les siècles, généra (quoique chaste) une descendance nombreuse. Après l'an mil, les ordres de Cluny puis de Cîteaux, qui suivaient la règle bénédictine (c'est-à-dire écrite par Benoît) – règle plus ou moins tempérée selon les périodes et les abbés –, grossirent, essaimèrent, devinrent puissants. En comparaison du désert primitif, les soldats du Christ paraissaient de moins en moins dépouillés. Il y eut alors des réformateurs, soucieux de radicalité.

Puis d'autres ordres monastiques apparurent. Parmi eux, à partir du XIIIe siècle, des moines venus de Palestine développèrent en Europe l'ordre du Carmel, du nom de la montagne d'Israël où le prophète Élie était réputé avoir vécu. Dans les siècles suivants, le Carmel fut florissant, au risque de devenir mondain, jusqu'à n'être plus au goût, dans la Vieille-Castille du XVIe siècle, de Thérèse de Jésus, dite la Grande Thérèse, ou la Vierge d'Avila. Avec son ami Jean de la Croix, elle réforma l'ordre. Les carmes et carmélites déchaussés, ainsi qu'il fallait les appeler, seraient désormais, à l'appel de Thérèse, de sérieux combattants de l'amour[185] : « L'âme doit montrer un mâle courage et ne pas ressembler à ces soldats qui se couchaient sur le ventre pour boire, lorsqu'ils marchaient au combat, sous la conduite de je ne sais plus quel chef. Elle doit s'armer de courage, car elle va lutter contre tous les démons réunis et elle ne saurait avoir de meilleures armes que celles de la Croix[186]. » La recette est claire : « L'important n'est pas de penser beaucoup, mais d'aimer beaucoup. Faites donc ce qui stimulera davantage en vous l'amour[187]. » On comprend que la Grande Thérèse de Castille ait séduit la petite Thérèse de Normandie. Car par-delà les formules, loin des illusions et des aspirations orgueilleuses, elle engage à aimer là où nous sommes, avec nos pauvres forces : « Notre-Seigneur ne regarde pas tant à la grandeur de nos œuvres qu'à l'amour avec lequel nous les accomplissons. Faisons ce que nous pouvons, et Sa Majesté nous aidera pour que nous puissions faire chaque jour davantage[188]. »

*

Le triple vœu de chasteté, de pauvreté et d'obéissance que prononce l'étonnante armée des monastères – comme un pendant de la promesse d'aimer et d'être fidèle qui scelle les mariages de la terre –, Thérèse veut le faire au plus vite, pour l'amour de ce Jésus qui irrésistiblement l'attire : *Je devais passer par bien des épreuves, mais l'appel divin était si pressant que m'eût-il fallu traverser les flammes, je l'aurais fait pour être fidèle à Jésus*[189]. À l'heure des noces qu'elle fantasme depuis un certain temps déjà, elle a prévu de prendre le nom du bien-aimé, comme n'importe quelle fille normande prend celui de son époux. Malheureusement, il y a cette autre Thérèse qui a eu la même idée quelques siècles plus tôt : Thérèse *de Jésus*, la réformatrice du Carmel. Son nom a eu dans l'ordre un succès monstre, et en 1887, une carmélite de Lisieux le porte déjà. Mais Thérèse ne manque pas de ressource : *Tout à coup je pensai au Petit Jésus que j'aimais tant et je me dis : « Oh ! que je serais heureuse de m'appeler Thérèse de l'Enfant-Jésus*[190] *! »*

Si Thérèse a trouvé son nom de guerre, son empressement à le couvrir de gloire ne fait pas tout ; des dragons se dressent encore sur le chemin de ronces qui doit la conduire au Carmel. Et tous crachent le même argument pour lui barrer la route : sa *jeunesse*[191]. Il en faudra pourtant plus pour la décourager : *Jésus a dit que « le royaume des Cieux souffre violence et que les violents seuls le ravissent », il en a été de même pour moi du Royaume du Carmel*[192].

Elle s'attaque d'abord à sa famille. Parmi ses sœurs, seule Céline est dans son camp. Thérèse qui n'a pas encore quinze ans cherche une stratégie *pour l'annoncer à Papa*[193]. Elle se fixe sur la plus évidente – qui a déjà fait ses preuves –, la prière. Elle choisit le jour de la Pentecôte, qui est celui de l'envoi de l'Esprit-Saint sur les têtes des apôtres[194], et passe toute la journée à supplier ces derniers de prier pour elle, de lui inspirer les paroles qu'elle allait avoir à dire. *N'était-ce pas eux en effet qui devaient aider l'enfant timide que Dieu destinait à devenir l'apôtre des apôtres par la prière et le sacrifice*[195] *?...* Finalement, à la tombée du jour, au retour des vêpres, elle trouve l'occasion de parler à son « petit père chéri » qui, assis dans le jardin, contemple la nature dans la lumière du soir : *Le soleil dont les feux avaient perdu leur ardeur dorait le sommet des grands arbres, où les petits oiseaux chantaient joyeusement leur prière du soir.* Thérèse, qui trouve à son père une expression céleste, se blottit contre lui. Louis connaît sa fille, elle a quelque chose à lui dire : *« Qu'as-tu ma petite reine ?... confie-moi cela...*[196] » L'émotion de Thérèse et sa détermination, au milieu des larmes échangées entre père et fille, sont claires aux yeux de Louis qui sans doute s'y connaît en excessivités catholiques : un désir aussi ferme, joyeux et fou ne peut venir que de Dieu, *et dans sa foi profonde il s'écria que le bon Dieu lui faisait un grand honneur de lui demander ainsi ses enfants*[197].

Du côté de l'oncle Isidore, c'est un autre son de cloche. Or le frère de Zélie a dans la famille une telle autorité morale que son aval n'est pas facultatif. M. Guérin, donc, a les idées bien arrêtées (parce que bien raisonnables). Il n'est pas question de laisser entrer au couvent celle qui deviendrait la plus jeune carmélite de France. *C'était contraire à la prudence humaine, disait-il, de faire entrer au Carmel une enfant de quinze ans, cette vie de carmélite étant aux yeux du monde une vie de philosophe, ce serait faire grand tort à la religion de laisser une enfant sans expérience l'embrasser... Tout le monde en parlerait, etc*[198]. Bref, qu'on n'en parle plus avant que Thérèse ait dix-sept ans bien sonnés. C'est mal connaître son impatience. Deux semaines plus tard, celle qui n'a pas encore tout à fait l'âge requis se présente chez son oncle, réitère la demande interdite. C'est non. Pendant trois jours, à cours d'idée pour provoquer un miracle dans le cœur d'Isidore (puisque la prière ne semble pas pouvoir faire fléchir sa *prudence*), la jeune femme se morfond : *Mon âme était semblable au fragile esquif livré sans pilote à la merci des flots orageux*[199]... Ce qui, dans un esprit de grande personne, n'est que bon sens, saine éducation et simple résistance au caprice d'une petite fille qui veut imiter ses deux grandes sœurs, est pour Thérèse un drame comparable aux souffrances du Christ : *C'était la nuit, la nuit profonde de l'âme... comme Jésus au jardin de l'agonie, je me sentais seule, ne trouvant de consolation ni sur la terre ni du côté des Cieux, le bon Dieu paraissait m'avoir délaissée*[200] *!*

Le quatrième jour, n'y tenant plus, et sans autre stratégie que d'entamer une guerre d'usure, Thérèse retourne chez son oncle, prête à se battre. *Il commença par me faire de doux reproches de ce que je paraissais avoir peur de lui et puis il me dit qu'il n'était pas nécessaire de demander un miracle, qu'il avait seulement prié le bon Dieu de lui donner « une simple inclination de cœur » et qu'il était exaucé*[201]... Devant le miracle qu'elle avait tant espéré, Thérèse n'est pas si surprise. Elle reconnaît la force de son Jésus. Et c'est tout tranquillement qu'elle se rend au Carmel, pour en informer Pauline-sœur Agnès, derrière la grille : toutes les barrières sont tombées, elle la rejoindra bientôt à l'ombre de la Croix.

Hélas, l'enthousiasme est prématuré. Car il y a des obstacles en dehors de la famille : M. Delatroëtte, curé de la paroisse Saint-Jacques de Lisieux, et supérieur du couvent, s'oppose à l'entrée de la petite Martin avant l'âge de vingt et un ans. Une fille de l'âge de Thérèse est incapable de savoir à quoi elle s'engage. Et qu'on ne discute pas. Les ambassades de M. Martin père n'y font rien. L'opposition semble cette fois invincible.

Thérèse voit la résistance du curé d'un œil moins défaitiste : *Je ne doute pas qu'en m'éprouvant il n'accomplît la volonté du bon Dieu qui voulait me faire conquérir la forteresse du Carmel à la pointe de l'épée*[202]. L'Église ayant l'avantage d'être hiérarchique, se dit-elle, il faut taper à l'étage du dessus : l'évêque de Bayeux. Louis accepte d'y conduire sa fille, qui de toute façon ne lâchera pas l'affaire. Car elle est folle d'amour : *Je sentais en mon cœur des élans inconnus jusqu'alors, parfois j'avais de véritables transports d'amour.* Thérèse a des papillons dans le ventre. En pensée, elle offre à Jésus des souffrances impossibles, souhaiterait la mort éternelle si cela pouvait le glorifier, bref, se comporte comme les grandes amoureuses, car *quand on aime, on éprouve le besoin de dire mille folies*[203]. Qui en effet reprocherait à Pénélope, à Yseult, à Héloïse, de trop en faire par amour ? Thérèse-qui-choisit-tout a reconnu en Jésus la totalité et la perfection. Elle l'aime, et le lui prouvera : *J'étais résolue d'arriver à mes fins, je dis même que j'irais jusqu'au Saint-Père, si Monseigneur ne voulait pas me permettre d'entrer au Carmel à quinze ans*[204]... Elle ne croit pas si bien dire.

Pour la bataille de Bayeux elle s'est armée comme elle peut : robe claire et chapeau blanc, sa plus belle toilette. Dans le somptueux palais épiscopal, les Martin n'ont pas l'air trop à l'aise. Ils sont accueillis par M. Révérony, vicaire général du diocèse et personnage important de la suite de l'histoire. À l'arrivée de l'évêque, poussée par son père, c'est Thérèse qui prend la parole pour défendre sa vocation : *Je le fis le plus éloquemment possible. Malheureusement, sa Grandeur habituée à l'éloquence ne parut pas très touchée de mes raisons*[205]. Ses raisons ne sont pas si mauvaises, pourtant, puisqu'à une intervention ironique de

M. Révérony, soulignant que cela ne doit probablement pas faire quinze ans qu'elle souhaite entrer au Carmel, la jeune fille répond dans un sourire : *C'est vrai, mais il n'y a pas beaucoup d'années à retrancher car j'ai décidé de me faire religieuse dès l'éveil de ma raison et j'ai désiré le Carmel aussitôt que je l'ai bien connu, parce que dans cet ordre je trouvais que toutes les aspirations de mon âme seraient remplies*[206]. L'argument du grand désir ne suffit pas et la renvoie au point de départ, l'évêque assurant que rien ne saurait se faire sans M. le supérieur du Carmel (l'intraitable curé Delatroëtte). Il faudra donc aller voir le pape ? La providence y travaille : une semaine plus tard, en novembre 1887, le diocèse de Bayeux organise un pèlerinage à Rome. Louis Martin y conduira ses filles.

*

Thérèse n'est pas bête. Elle se doute que l'on dira qu'elle n'est entrée au Carmel que pour rejoindre ses sœurs. Elle-même d'ailleurs s'interroge encore sur la pureté de ses intentions. Mais devant la statue de Notre-Dame des Victoires, à Paris, où son père l'a conduite avec sa sœur et d'où partira le pèlerinage vers l'Italie quelques jours plus tard, elle éprouve une nouvelle fois l'authenticité de son aspiration[207]. Si le Carmel est le lieu où son grand désir doit s'assouvir, c'est parce que le Seigneur lui-même l'a faite pour ça. Il n'y a pas à en savoir plus. Demande-t-on à Michel-Ange pourquoi il sculpte ? À un rossignol pourquoi il chante ? À la nuit pourquoi elle est noire ? Thérèse a compris que Jésus étant créateur de tout être, *la perfection consiste à faire sa volonté, à être ce qu'il veut que nous soyons*[208]. Il sait mieux qu'elle-même à quoi il la destine, et en quoi consistera sa perfection. Elle est libre de répondre oui ou non, bien sûr. Mais ça n'est pas aux autres de s'y opposer.

Ainsi prend-elle la route de Rome entre Céline et son père, durcissant sa face, avec la détermination des premiers chrétiens sur la route du Colisée. Sur une aussi jolie fille de quinze ans, si bien mise, l'opiniâtreté est irrésistible : parmi les deux cents pèlerins, nombreux sont ceux qui fondent comme cire au soleil en la regardant. On traverse la France, la Suisse, l'Italie. À la descente d'un train, un étudiant se jette sur Thérèse, la prend dans ses bras et la couvre de flatteries : comment est-il possible d'être à ce point ravissante ? Lassée de ces enfantillages, Thérèse trouve dans ce voyage, malgré tout, l'occasion d'affiner sa théologie : *N'ayant jamais vécu parmi le grand monde, Céline et moi, nous nous trouvâmes au milieu de la noblesse qui composait presque exclusivement le pèlerinage. Ah ! bien loin de nous éblouir, tous ces titres et ces « de » ne nous parurent qu'une fumée... De loin cela m'avait quelquefois jeté un peu de poudre aux yeux, mais de près, j'ai vu que « tout ce qui brille n'est pas or » et j'ai compris cette parole de* L'Imitation *: « Ne poursuivez pas cette ombre qu'on appelle un grand nom, ne désirez ni de nombreuses liaisons, ni l'amitié particulière d'aucun homme. » J'ai compris que la vraie grandeur se trouve dans l'âme et pas dans le nom, puisque comme le dit Isaïe : « Le Seigneur donnera un autre nom à ses élus [...]. » C'est donc au Ciel que nous saurons quels sont nos titres de noblesse*[209]. Rien ne peut mieux conforter sa vocation à la vie cloîtrée, loin de toute mondanité. D'autant que la splendeur des paysages lui confirme la puissance incomparable (et le cœur de poète) de celui qu'elle aime[210] : il a fait les montagnes et les crépuscules.

Le mépris de la hiérarchie du monde n'est pas tout. Thérèse se révèle franc-tireuse jusque dans l'Église : la voilà détaillant les prêtres qu'elle croise, attentive à leur comportement, à leur conversation. Elle en est sidérée. Mais le sens de sa vocation s'affine au contact des soutanes : *Prier pour les pécheurs me ravissait, mais prier pour les âmes des prêtres, que je croyais plus pures que le cristal, me semblait étonnant !... Ah ! j'ai compris ma vocation en Italie, ce n'était pas aller chercher trop loin une si utile connaissance... [...] Si de saints prêtres que Jésus appelle dans son évangile « le sel de la terre » montrent dans leur conduite qu'ils ont un extrême besoin de prière, que faut-il dire de ceux qui sont tièdes*[211] *?* Sa clairvoyance, enfin, débusque le grotesque dans les grossièretés misogynes qui n'ont l'air de scandaliser personne à part elle, mais auxquelles elle sait que son amant – lui-même méprisé du monde et ardent défenseur des femmes – saura répondre dans l'éternité : *Je ne peux comprendre pourquoi les femmes sont si facilement excommuniées en Italie : à chaque instant on nous disait : n'entrez pas ici, n'entrez pas là, vous seriez excommuniées ! Ah, les pauvres femmes : comme elles sont méprisées ! Cependant, elles aiment le bon*

Dieu en bien plus grand nombre que les hommes et pendant la Passion de Notre-Seigneur, les femmes eurent plus de courage que les apôtres, puisqu'elles bravèrent les insultes des soldats et osèrent essuyer la face adorable de Jésus ! Au ciel, Il saura bien montrer que ses pensées ne sont pas celles des hommes, car alors les dernières seront les premières[212]. Loin des rêves égalitaristes, Thérèse révèle une hiérarchie inversée (car tout est détraqué en ce bas monde) : la prétendue infériorité des femmes n'est pas une simple illusion fabriquée par les hommes, mais la marque qu'elles leur sont supérieures, y compris dans les vertus dites viriles, au premier rang desquelles le courage. Et c'est bien de courage que Thérèse a besoin à l'approche de Rome. Elle s'en ouvre dans une lettre à sa tante Guérin : *Je ne sais comment je m'y prendrai pour parler au pape. Vraiment si le bon Dieu ne se chargeait pas de tout, je ne sais comment je ferais*[213]. La technique pourtant est inchangée : rester vaillante et s'en remettre à Dieu, dans la confiance.

Milan, Venise, Padoue, Bologne, Lorette. Enfin, dans les brumes matinales du 13 novembre 1889, à travers les vitres d'un train plein de Normands endormis, la Ville éternelle. Pendant six jours, on visite les beautés de Rome. Les catacombes et le Cirque Maxime surexcitent Thérèse. Au Colisée, entre deux éclats de rire à entendre *le guide [faire] remarquer « les petits cornichons et les cupides posés dessus*[214] », la prétendante au vœu d'obéissance du Carmel entraîne Céline avec elle, sautant les barrières, escaladant les ruines. Elle se rêve martyre sous la dent des fauves, guerrière comme jamais : *De même que les guerriers sentent leur courage augmenter au milieu du péril, ainsi notre joie grandissait en proportion de la peine que nous avions pour atteindre l'objet de nos désirs. [...] Mon cœur battait bien fort lorsque mes lèvres s'approchèrent de la poussière empourprée du sang des premiers chrétiens, je demandai la grâce d'être aussi martyre pour Jésus et je sentis au fond de mon cœur que ma prière était exaucée*[215] *!...* Elle a prié sur cette même pierre où *combattaient* les martyrs, la voilà mûre pour l'épreuve pontificale.

Le dimanche 20 novembre, jour fixé pour l'audience de son groupe de pèlerins au Vatican, Thérèse est confiante. Elle ne croit pas que la victoire sera facile, mais se répète les paroles du Christ : « *Je vous prépare mon Royaume comme le Père me l'a préparé*[216]. » Et elle interprète le texte sacré avec la liberté d'un Père de l'Église : *C'est-à-dire je vous réserve des croix et des épreuves, c'est ainsi que vous serez digne de posséder ce Royaume après lequel vous soupirez ; puisqu'il a été nécessaire que le Christ souffrît et qu'il entrât par là dans la gloire*[217]. Le Royaume est pris par force, c'est dans la persévérance que Thérèse montrera la sienne.

Elle est d'abord marquée par la taille et la hauteur de la chaise du pape. Révérony se tient aux côtés du pontife, lui disant un mot de ces catholiques du Calvados qui lui embrassent le pied à tour de rôle. Le cœur de Thérèse bat à tout rompre. Elle se répète les phrases préparées d'avance. Hélas, l'audience a déjà trop duré, et M. Révérony vient d'interdire à quiconque d'adresser la parole au pape. On connaît le goût de Thérèse pour l'obéissance : quand vient son tour, plutôt que de baiser la main que lui tend le pontife, elle la lui prend entre les siennes et, les yeux pleins de larmes, exprime son désir d'entrer au Carmel à quinze ans. Le problème, c'est que le pape est à moitié sourd. Cacochyme. (*Le bon pape est si vieux qu'on dirait qu'il est mort, je ne me le serais jamais figuré comme cela, il ne peut dire presque rien*[218].) Révérony, excédé par l'indocilité de la fille Martin, répète très fort : *Très Saint Père, c'est une enfant qui veut entrer au Carmel à quinze ans, mais ses supérieurs s'en occupent en ce moment*[219]. Et le pape, avec une expression de bonté qui encourage Thérèse, lui recommande de se fier à l'avis de ses supérieurs, ignorant qu'il fait ainsi référence à Delatroëtte, le sinistre bonhomme qui parle d'entrer à vingt et un ans ! Elle voudrait se débattre, mais elle a trop parlé, on la prie de sortir. Le vieux Léon XIII a simplement eu le temps d'ajouter : *Si le bon Dieu veut, vous entrerez*[220].

Elle a beau avoir franchi les portes du Vatican, une heure plus tôt, avec son gros courage de martyre, la désillusion est grande : *J'étais comme anéantie, je me sentais abandonnée*[221]... Mais la foi la remet debout le soir même : *Cependant le bon Dieu ne peut pas me donner des épreuves qui sont au-dessus de mes forces*[222]. Au retour de Rome, les événements prouveront une nouvelle fois que sa confiance n'était pas vaine.

Thérèse se languit quelques semaines encore – *J'allais tous les matins après la messe à la poste avec papa, croyant y trouver la permission de m'envoler, mais chaque matin amenait une nouvelle déception qui cependant n'ébranlait pas ma foi*[223]. C'est le mois de décembre. Thérèse croit qu'une étoile peut se lever dans la nuit. Et après Noël, anniversaire du miracle de la conversion, tout s'enchaîne. Le sévère Révérony, finalement touché par l'insistance de la jeune femme, fait fléchir Delatroëtte en faveur de l'admission de Thérèse dès l'année suivante. Pour fêter la nouvelle, le père Louis propose à sa fille de partir à Jérusalem : c'est le pèlerinage de la dernière chance pour découvrir la terre de Jésus. Une fois dans son cloître, Thérèse n'en bougera plus. Mais cela supposerait de retarder son entrée de deux ou trois mois. Elle n'hésite pas une seconde, et choisit *le repos à l'ombre de Celui [qu'elle avait] désiré*[224]. Sa vocation a le mérite d'être claire.

5

Noces de sang

Aujourd'hui que je jouis de la solitude du Carmel (me reposant à l'ombre de Celui que j'ai si ardemment désiré) je trouve avoir acheté mon bonheur à bien peu de frais et je serais prête à supporter de bien plus grandes peines pour l'acquérir si je ne l'avais pas encore[225] *!...* Ces mots datent de septembre 1896. Huit ans plus tôt, lundi 9 avril 1888, Thérèse est entrée au Carmel. Quand elle se retournera sur ses années de cloître, elle dira qu'en dépit des épreuves et des batailles de la vie religieuse, la paix très douce qui l'a envahie ce jour-là ne l'a jamais quittée[226].

La joie qu'elle éprouve à quinze ans n'est pas celle d'une adolescente. Son idéalisme est mort au cours des années d'aguerrissement que nous venons de dire. C'est-à-dire depuis la mort de sa mère jusqu'aux victoires successives de Noël 1886, de la conversion de Pranzini, puis de l'entrée au monastère. *Ah ! j'étais pleinement récompensée de toutes mes épreuves*[227]... Et Thérèse répète : *C'est pour toujours, toujours, que je suis ici*[228] *!...*

Parce qu'elle s'est arrachée à ses illusions comme à ses peurs, elle embrasse enfin, avec lucidité, la vie pour laquelle elle se sent faite. Son réalisme, jusqu'au bout, sera l'une de ses meilleures armes. *Les illusions, le bon Dieu m'a fait la grâce de n'en avoir* AUCUNE *en entrant au Carmel ; j'ai trouvé la vie religieuse telle que je me l'étais figurée, aucun sacrifice ne m'étonna et cependant, vous le savez, ma Mère chérie, mes premiers pas ont rencontré plus d'épines que [de] roses*[229] *!...* Ainsi n'est-elle pas surprise par les échecs, ni déçue par les malheurs. Devant la dureté de la vie religieuse, sa pugnacité serait bien plutôt excitée. Les épreuves sont inévitables pour qui a décidé d'aimer, ce dont Thérèse a une conscience parfaite. Elle l'écrit à Céline dès sa première année au couvent : *Ne croyons pas pouvoir aimer sans souffrir, sans souffrir beaucoup... notre pauvre nature est là ! [...] C'est notre richesse, notre gagne-pain*[230] *!...* Faite pour rien d'autre qu'aimer, sœur Thérèse de l'Enfant-Jésus mènera le combat de l'amour. *Oui, la souffrance m'a tendu les bras et je m'y suis jetée avec amour... Ce que je venais faire* *au Carmel, je l'ai déclaré aux pieds de Jésus-Hostie [...] : « Je suis venue pour sauver les âmes et surtout afin de prier pour les prêtres. » Lorsqu'on veut atteindre un but, il faut en prendre les moyens*[231].

*

Au cours des neuf années passées au Carmel, Thérèse aura été *postulante*, c'est-à-dire prétendante (jusqu'en janvier 1889), *novice*, c'est-à-dire apprentie (jusqu'en septembre 1890), enfin *sœur professe*, c'est-à-dire ayant prononcé pour toujours les vœux religieux de pauvreté, de chasteté et d'obéissance (du 8 septembre 1890 jusqu'à sa mort de la tuberculose le jeudi 30 septembre 1897, vers sept heures du soir). Au Carmel, l'activité reine de la quinzaine de femmes – strictement cloîtrées – qui se réunissent plusieurs heures par jour à la chapelle pour assister à la messe, chanter les psaumes et se plonger dans l'oraison silencieuse est sans aucun doute la prière. Mais pour bien prier il faut bien dormir, bien se nourrir (même si la règle impose un carême perpétuel – jamais le moindre morceau de viande), et être décemment vêtue. L'entretien de la maison et du jardin incombe ainsi aux sœurs, qui se répartissent les tâches.

Thérèse occupera successivement les emplois de lingère, balayeuse, chargée du réfectoire, aide-sacristine, économe tierce, seconde portière et maîtresse des novices adjointe. On reconnaîtra son talent : elle sera chargée, à ses heures perdues, d'écrire poèmes, saynètes ou drames brefs – à l'occasion de certaines fêtes, les sœurs montent et interprètent des pièces de théâtre, les « récréations pieuses », qui sont jouées à huis clos pour le divertissement (et si possible l'édification) de la communauté. En 1894 et 1895, Thérèse composera deux *Jeanne d'Arc,* qu'elle interprétera dans le rôle-titre, déguisée en guerrière du XVe siècle, étendard à la main et cheveux au vent. Son talent ne s'arrêtant pas à la dramaturgie, elle peindra encore les fresques de l'oratoire. Enfin, elle devra écrire, conformément à la demande exceptionnelle de sa supérieure, ses souvenirs d'enfance : en janvier 1895, alors qu'il lui reste deux années à vivre (elle a vingt-deux ans), la couverture du cahier à dix centimes sur lequel elle trace les premières lignes de son chef-d'œuvre est ornée de l'assaut d'un régiment d'infanterie, sabres au clair, drapeau tricolore et grenadiers à forte barbe. En haut à gauche, sur les pointillés où les écoliers inscrivent la discipline étudiée, Thérèse a mis le mot « obéissance ». À droite du drapeau (qu'elle a enrichi de la mention « Vive le Dieu de France »), par-dessus les soldats, elle a griffonné la tête d'une jeune fille, cheveux longs et plume au chapeau, en première ligne. À l'été 1897, alors qu'entre deux crises d'hémoptysie elle achèvera son dernier manuscrit autobiographique, elle glissera à la mère supérieure qui lui en a commandé l'écriture : *Je vous obéis et si maintenant vous ne trouvez pas d'intérêt à lire ces pages, peut-être qu'elles vous distrairont dans vos vieux jours et serviront ensuite pour allumer votre feu, ainsi je n'aurai pas perdu mon temps… Mais je m'amuse à parler comme un enfant ; ne croyez pas, ma Mère, que je recherche quelle utilité peut avoir mon pauvre travail ; puisque je le fais par obéissance, cela me suffit et je n'éprouverais aucune peine si vous le brûliez sous mes yeux avant de l'avoir lu*[232].

Voyons voir les années qui l'auront conduite jusque-là.

*

31 juillet 1888. Thérèse est carmélite depuis trois mois. Elle écrit à son père : *Vanité des vanités, tout n'est que vanité*[233], *vanité de la vie qui*

passe, etc. Plus je vais, plus je trouve que c'est vrai que tout est vanité sur la terre[234]. Très vite, elle a reconnu cette tension, inéluctable, entre son désir de bonheur et l'imperfection du monde. La vie très haute qu'elle espère est impossible avant le dernier jour de l'histoire, quand se réalisera la promesse de l'Apocalypse : « Il essuiera toute larme de leurs yeux, et la mort ne sera plus, et il n'y aura plus ni deuil, ni cri, ni douleur[235]. » Ce jour entre les jours, annoncé dans toute la Bible, également appelé Jugement dernier, ou Parousie, c'est la fin du monde. L'imaginaire collectif en a fait une heure terrifiante, mais les chrétiens l'attendent, car il est le jour du retour du Christ victorieux, dans la gloire définitive de son Royaume. Nul ne sait quelle forme cela prendra, cependant les promesses de Jésus sont claires quant au climat général : ce sera le début du bonheur sans fin, sans frustration, jalousie ni injustice d'aucune sorte. L'humanité réunie dans l'amour et la beauté, comme le garantit saint Augustin aux dernières pages de la *Cité de Dieu* : « Nous nous reposerons et nous verrons ; nous verrons et nous aimerons ; nous aimerons et nous louerons. Voilà ce qui sera la fin, sans fin. Et quelle autre fin avons-nous, sinon de parvenir au royaume qui n'aura pas de fin[236] ? »

Thérèse sait que la vie du Carmel n'est qu'une antichambre, une préparation nuptiale. La véritable nuit de noces, pour l'instant, elle en a soif : *Oh ! la patrie... la patrie !... Que j'ai soif du ciel, où l'on aimera Jésus sans réserve*[237] *!* écrit-elle à sa sœur Marie. Parfois, au cœur de cette attente amoureuse, l'amour trop grand lui ferait presque peur : *Jésus, Jésus, s'il est si délicieux le désir de t'aimer, qu'est-ce donc de posséder, de jouir de l'Amour*[238] *?...* Cette jouissance attendue excède tout ce dont la chair est capable. C'est son être tout entier, corps et âme, qui attend d'être saisi et transcendé. Mais avant que se lève la dernière aurore du monde, l'absence de Jésus creuse le cœur de Thérèse, et chaque jour davantage, comme pour lui en révéler l'immensité. L'intransigeance de la petite fille qui « choisit tout », cet appétit, ce gouffre dont elle a enfin compris qui pourrait le remplir, forment bel et bien le « résumé de toute sa vie ». Certains soirs, la jeune femme se demande pourtant si ce désir effrayant ne serait pas une chimère : *Le pur amour est-il bien dans mon cœur ?... Mes immenses désirs ne sont-ils pas un rêve, une folie*[239] *?...* À mesure qu'elle entre plus avant dans l'Évangile, dans la vie de Jésus mort et ressuscité, elle découvre le mystère de sa vocation chrétienne, cette participation à l'agonie de Jésus, qui est l'agonie de l'amour[240]. Mais de ce qui peut ressembler à un délire mystique découle une vie simple. Celle de la sainteté sans illusion, incarnée, où la foi n'est jamais facile : *Oui la vie coûte, il est pénible de commencer une journée de labeur […] ; si encore on sentait Jésus, oh ! on ferait bien tout pour lui, mais non, il paraît à mille lieues, nous sommes seules avec nous-mêmes, oh ! l'ennuyeuse compagnie quand Jésus n'est pas là. Mais que fait-il donc ce doux ami, il ne voit donc pas notre angoisse, le poids qui nous oppresse ? où est-il, pourquoi ne vient-il pas nous consoler, puisque nous n'avons que lui pour ami*[241] *?* « Personne n'a jamais vu Dieu[242] », dit saint Jean. C'est une foi nocturne qui transcende l'existence de Thérèse balayeuse, seconde portière ou aide-sacristine, car elle en a malgré tout la certitude : *Il n'est pas loin, il est là tout près, qui nous regarde, qui nous mendie cette tristesse, cette agonie, il en a besoin pour les âmes, pour notre âme […] Oh ! quelle destinée, que notre âme est grande… Élevons-nous au-dessus de ce qui passe, tenons-nous à distance de la terre, plus haut l'air est pur, Jésus se cache mais on le devine*[243]. La confiance que Jésus est là, et que la fin sera merveilleuse, lui donne la force de faire de grandes choses. Ce « besoin » de Jésus « pour les âmes » est à première vue inexplicable. En réalité, il faut revenir à ces deux charnières de la vie chrétienne que sont le corps et la liberté. Le chrétien est membre d'un corps, et vit pour ce corps tout entier, comme le cœur, la tête ou les jambes ne vivent pas pour eux-mêmes mais pout tout l'organisme. La prière d'une carmélite est plus que la prière d'une carmélite : elle est d'une certaine manière la prière de tous, y compris de ces « âmes » dont parle Thérèse, membres avec elle du corps unique du Christ qui embrasse l'humanité, et qui ne prient pas. Jésus ne sauve pas de force, car toute histoire d'amour est une histoire de liberté. L'amour ne s'exige pas, ni ne se force. Mais l'amour que Jésus « mendie », et que lui donne Thérèse dans ses actions quotidiennes, (dont on va bientôt donner le détail), c'est l'amour pur, authentique, gratuit, qui participe au salut du monde.

Thérèse ne se regarde pas faire. Elle avance. Il faut se vider de soi-même pour se remplir de Dieu. Mourir pour ressusciter. Vivre pour les autres. Aimer. *J'ai compris que sans l'amour, toutes les œuvres ne sont que néant, même les plus éclatantes*[244]... C'est parce qu'elle accepte d'aimer jusqu'au bout, selon le « grand commandement » d'aimer comme lui-même a aimé[245], que la souffrance sera au cœur de son union avec Jésus. Elle ne s'y résigne pas comme on accepte tristement son sort ; son amant l'émerveille jusque dans les blessures de la Passion : *Les larmes, le sang de Jésus devinrent sa rosée et son Soleil fut sa Face Adorable voilée de pleurs*[246]... Sûrement, pareille union a de quoi l'émouvoir. Et elle y songe avec crainte, parfois. Pourtant, aucune religieuse du couvent ne perçoit la tempête sous un voile. Malgré la souffrance du cloître, de l'absence du bien-aimé, du désir inassouvi, sœur Thérèse de l'Enfant-Jésus est rayonnante, prête à rendre service, inlassablement charmante : *À l'extérieur, rien ne traduisait ma souffrance d'autant plus douloureuse que j'étais seule à la connaître. Ah ! quelle surprise à la fin du monde nous aurons en lisant l'histoire des âmes*[247] *!...*

À partir du 10 janvier 1889, jour de sa prise d'habit[248], Thérèse manifeste clairement son penchant pour la Sainte-Face, ainsi que l'on nomme le visage humilié de Jésus, roué de coups et couvert de crachats le jour de sa crucifixion. Elle profite en effet de son entrée au noviciat pour allonger son nom – le fait est assez rare. Elle sera désormais sœur Thérèse de l'Enfant-Jésus de la Sainte-Face. *Jusqu'alors je n'avais pas sondé la profondeur des trésors cachés dans la Sainte Face*[249]. Aux gazouillis de la crèche répond le cri de la Passion. Et ce nouveau nom est un titre de gloire. Pour dire son amour douloureux de Jésus, une prière de la main de Thérèse ira même jusqu'à ne plus faire mention que de la face douloureuse du bien-aimé[250] :

Ô Face Adorable de Jésus, seule Beauté qui ravit mon cœur, daigne imprimer en moi ta Divine Ressemblance, afin que tu ne puisses regarder l'âme de ta petite épouse sans te contempler Toi-Même.

Ô mon Bien-Aimé, pour ton amour, j'accepte de ne pas voir ici-bas la douceur de ton Regard, de ne pas sentir l'inexprimable baiser de ta Bouche, mais je te supplie de m'embraser de ton amour, afin qu'il me consume rapidement et fasse bientôt paraître devant toi :

Thérèse de la Sainte-Face

*

Le 8 septembre 1890, Thérèse fait profession religieuse, prononçant les vœux perpétuels de pauvreté, de chasteté et d'obéissance (elle a dix-sept ans). Toutes les carmélites – comme tous les religieux du monde – passent par là. C'est le grand jour de l'engagement, le signe et la promesse qu'elle remet toute son existence entre les mains de Dieu. C'est aussi la marque de sa détermination à suivre le chemin de l'abandon et du sacrifice auxquels elle se sent appelée. La veille, puisque sa vie est semée d'épreuves, elle a été assaillie par l'angoisse du doute : *Ma vocation m'apparut comme un rêve, une chimère... je trouvais la vie du Carmel bien belle, mais le démon m'inspirait l'assurance qu'elle n'était pas faite pour moi, que je tromperais les supérieures en avançant dans une voie où je n'étais pas appelée... Mes ténèbres étaient si grandes que je ne voyais ni ne comprenais qu'une chose : Je n'avais pas la vocation*[251] *!...* Réflexe de celle qui jamais ne cherchera que la vérité, elle avoue tout à sa mère supérieure. C'est radical : aussitôt avoués, les doutes disparaissent. Cela lui confirme que l'humilité est l'arme absolue pour mettre les tentations en déroute. Le lendemain, elle est *inondée d'un fleuve de paix surpassant tout sentiment*[252].

Ce jour de septembre 1890, donc, comme une épouse, elle s'offre à Jésus, pour son amour et pour l'amour de tous[253]. Pour comprendre Thérèse, mélange d'extrême gravité et d'espièglerie, il faut reproduire le carton d'invitation qu'elle compose alors[254] :

Lettre d'Invitation aux Noces de sœur Thérèse de l'Enfant Jésus de la Sainte Face

Le Dieu Tout-Puissant, Créateur du Ciel et de la terre, Souverain Dominateur du Monde, et la Très glorieuse Vierge Marie, Reine de la Cour céleste, veulent bien vous faire part du Mariage de leur Auguste Fils, Jésus, Roi des Rois et Seigneur des seigneurs, avec Mademoiselle Thérèse Martin, maintenant Dame et Princesse des royaumes apportés en dot par son Divin Époux, savoir : L'Enfance de Jésus et sa Passion, ses titres de noblesse étant : de l'Enfant Jésus et de la Sainte Face.

Monsieur Louis Martin, Propriétaire et Maître des Seigneuries de la Souffrance et de l'Humiliation, et Madame Martin, Princesse et Dame d'Honneur de la Cour Céleste, veulent bien vous faire part du Mariage de leur Fille Thérèse, avec Jésus le Verbe de Dieu, seconde Personne de l'Adorable Trinité qui par l'opération du Saint-Esprit s'est fait Homme et Fils de Marie, la Reine des Cieux.

N'ayant pu vous inviter à la bénédiction Nuptiale qui leur a été donnée sur la montagne du Carmel, le 8 septembre 1890 (la cour céleste seule y étant admise), vous êtes néanmoins priés de vous rendre au Retour de Noces qui aura lieu Demain, Jour de l'Éternité, auquel jour Jésus, Fils de Dieu, viendra sur les Nuées du Ciel dans l'éclat de sa Majesté, pour juger les Vivants et les Morts.

L'heure étant encore incertaine, vous êtes invités à vous tenir prêts et à veiller.

*

Thérèse n'est pas du club des doloristes. Si elle accepte la souffrance, la choisit et va jusqu'à la désirer[255], c'est parce que le réalisme est cru comme le réel (« Ne croyons pas pouvoir aimer sans souffrir[256] »). Mais elle sait aussi toute l'infâmie de la douleur – on le verra à l'heure de sa propre maladie. Elle sait bien que nous ne sommes pas faits pour souffrir, mais pour la jouissance et la joie sans nuage de la vie éternelle.

Au cours des cinq années qui suivront sa prise d'habit et son changement de nom, l'un de ses principaux lieux d'union aux souffrances de la Passion sera la maladie de son père, vécue à distance. Fugue, errance, crises de délire, internement à l'asile, attaques cardiaques et paralysie, aucune humiliation n'est épargnée au père de famille. Thérèse est progressivement arrachée à celui à qui elle écrivait encore, quelques jours avant les premières marques de son mal, des lettres tendres et gaies, signées « La Reine de France et toutes les Navarre, Thérèse de l'Enfant-Jésus[257] ».

Thérèse voit dans la maladie la marque que la création primitive, entièrement bonne – on ne tombe pas malade au Paradis –, est blessée en ce bas monde. Ainsi Jésus, en colère contre la souffrance, guérissait-il les malades et redressait-il les handicapés. Pendant les années du calvaire de son père, qu'elle partage avec lui (*Cette croix était la plus grande que j'aurais pu imaginer*[258]), Thérèse ne se contente pas de prières lointaines. Elle lui écrit[259], s'inquiète de lui auprès des Guérin, et surtout de Céline, qui est à son chevet. (Autant qu'il lui sera possible, la dernière fille non voilée restera à ses côtés jusqu'à sa mort, le 29 juillet 1894.) Mais si le Christ déteste la souffrance, la maladie peut aussi être vue, du point de vue du malade, comme une participation mystérieuse à la souffrance de Jésus, cet amour vécu jusqu'au bout. Ainsi Thérèse, qui partage la peine de son père réduit à boire *la plus amère, la plus humiliante de toutes les coupes*, considère-t-elle en des formules qui nous choquent (mais le réalisme est choquant), que les trois années du martyre de son père furent les *plus fructueuses* de toute la vie de la famille Martin. Devant l'abnégation et le courage de leur père, puis devant sa déréliction et sa faiblesse, ses filles ont grandi en sagesse, en courage et en générosité.

Aussi Thérèse conclut-elle que la *grande épreuve a été douce, puisque de nos cœurs ne sont sortis que des soupirs d'amour et de reconnaissance !...*

6

« Il faut batailler pour que Dieu donne victoire »

Il ne nous reste qu'à combattre[260], avait noté Thérèse dès son entrée au Carmel. Face à l'épreuve de la maladie de son père, alors qu'elle n'a même pas pu quitter le cloître pour voler à son chevet – c'est le grand paradoxe de la vie contemplative, dont la fécondité est difficile à concevoir, malgré les miracles à la Pranzini –, Thérèse a compris que les noces avec Jésus ne seraient pas de coton. Pour accomplir sa vocation glorieuse (*devenir une grande sainte*), il lui faudra faire la guerre. Et Thérèse en a plus que jamais conscience : *Ce n'est point sur les champs de bataille que je lutterai*[261]... On l'a répété (parce qu'elle-même le répète sans cesse), elle se sait faible, fragile, petite. Mais elle sait aussi que la seule guerre qui vaille se fait sous les ordres du seul guerrier qui vaille, et de la victoire duquel on est sûr. Comme il lui a donné la force de tenir bon dans la prière pendant le calvaire de Louis, Jésus continuera d'armer sa « petite épouse » jusqu'au triomphe final (le Paradis). Ainsi n'a-t-elle pas peur de réclamer, encore et toujours : *Seigneur, Dieu des armées qui nous avez dit dans votre Évangile : « Je ne suis pas venu apporter la paix mais le glaive », armez-moi pour la lutte, je brûle de combattre pour votre gloire, mais je vous en supplie, fortifiez mon courage*[262]... La demande est explicite. Le mécanisme peut nous paraître obscur. Car pourquoi faudrait-il s'engager soi-même dans la mêlée, si *Jésus combat pour nous*[263] ? Méditant un mot de Jeanne d'Arc, Thérèse saisit ce nœud essentiel de la vie chrétienne : « *Il faut batailler pour que Dieu donne victoire*[264]. » La force d'aimer à la fois vient de Dieu, *et* ne se réalise que par la collaboration de l'homme ou de la femme libres. La liberté humaine est le canal de la grâce. Au Carmel, Thérèse assumera donc le paradoxe des saints : *Je suis prisonnière de votre Amour, j'ai librement rivé la chaîne qui m'unit à Vous*[265]. La liberté est totale – à tout instant elle aurait pu partir, ne serait-ce que pour rejoindre son père malade. Dieu ne l'aurait pas retenue.

Mais la fidélité des saints résiste aux assauts de la vieille ruse : l'orgueil de se croire plus libre parce qu'on n'en fait qu'à sa tête, ou parce qu'on s'en tient à son seul bon sens. Ou, pire, parce qu'on est loin de Dieu.

Tout est question de logique. Jésus, dont les pensées ne sont pas celles des hommes, mais celles de Dieu[266], à mille milles de tout égotisme, a enseigné qu'il y avait plus de bonheur à donner qu'à recevoir[267]. On se souvient du tout petit miracle de Noël, aux conséquences gigantesques : en aimant librement, Thérèse a fait l'expérience du bonheur. Elle a vécu *dans sa chair* que Jésus avait dit vrai. Il faut donc qu'elle fasse tout ce qu'il lui dira. Effrayée, grisée, elle a du même coup identifié l'adversaire à vaincre pour jouir enfin de son amour : c'est le démon du narcissisme, de la paresse, des colères puériles. Voilà ce qu'il faut brûler. Elle s'arrachera donc à elle-même – et à tous les bons sentiments qui voudraient l'arracher à son cloître – pour ce Jésus à qui elle parle en amoureuse. Et bientôt, tout s'éclaire : *Mon âme est affermie par Celui que je voulais aimer uniquement. Je vois avec bonheur qu'en l'aimant le cœur s'agrandit, qu'il peut donner incomparablement plus de tendresse à ceux qui lui sont chers que s'il s'était concentré dans un amour égoïste et infructueux*[268]. Il faut aimer avec ténacité, y compris contre ses propres élans passagers, croit Thérèse, parce que seuls la fidélité à Jésus, la prière, les sacrements, permettent d'aimer vraiment. En tenant bon au Carmel, elle fait mûrir un fruit immense, incomparable, dont l'une des expressions, à un siècle et demi de distance, est la petite statue aux roses rouges. Car l'amour s'affine dans l'épreuve de la fidélité, et ne se révèle que dans le feu.

*

Thérèse toutefois n'est pas la seule. La vie monastique est une bataille rangée. Du point de vue de la famille Martin-Guérin, ce Carmel est un ogre : il a pris Pauline, Marie, Thérèse, puis Céline, qui les a rejointes après la mort de leur père[269]. Enfin leur cousine Marie est entrée à son tour. Mais si sœur Thérèse a déjà défendu l'authenticité de sa vocation à l'époque des tractations avec la hiérarchie catholique, elle enfonce le clou : *Ce n'est point pour vivre avec mes sœurs que je suis venue au Carmel, c'est uniquement pour répondre à l'appel de Jésus*[270]. Et à ceux qui le mettront en doute, elle pose une question : *A-t-on jamais reproché à des frères de combattre sur le même champ de bataille*[271] *?* Que le général en chef l'ordonne, d'ailleurs, et elle partira sans hésiter pour *un autre champ de bataille*[272]. Ce pourrait être un carmel du bout du monde, à une époque où les monastères essaiment, en particulier en Extrême-Orient. Et Thérèse prouvera que ces paroles n'étaient pas en l'air, puisque celle à qui l'on confie la charge de prier pour deux jeunes prêtres missionnaires sera également pressentie – et partante – pour faire partie des premières religieuses du carmel de Saïgon. Ce sont les médecins qui, jugeant sa santé trop fragile, s'opposeront au départ de la missionnaire.

Si, cent cinquante ans plus tard, Thérèse se rassasie de la cire des petites bougies rouges qu'on lui brûle dans les chapelles, c'est parce que le combat qu'elle a mené est difficile. Et peut-être plus encore parce que sa vie révèle un Dieu de tendresse. Détailler jour après jour, mois après mois, les neuf années passés au Carmel serait néanmoins d'un ennui mortel. Les journées, vues de l'extérieur, sont toutes les mêmes. On se lève à l'aube, on prie à la chapelle, on prend le petit déjeuner, on travaille (à la buanderie, à la cuisine, au jardin, à l'infirmerie, à l'entretien de la maison, etc.), on prie de nouveau, on assiste à la messe (chaque jour), on déjeune, on travaille trois heures de plus, on prie encore, on dîne, on prie une dernière fois, on se couche tôt. Le passage des saisons, les aléas de la météo, les épidémies (telles que l'influenza, la grippe russe qui frappe le couvent en 1892 – *la mort régnait partout*), le vieillissement physique des sœurs, puis leur enterrement, fournissent à la vie carmélitaine ses principaux rebondissements dramatiques. Le calendrier liturgique colore également les jours, impliquant notamment l'amaigrissement du régime alimentaire ou au contraire son enrichissement (selon que c'est l'Avent, le Carême, Pâques, Noël ou la Sainte-Thérèse d'Avila, le 15 octobre). Mais ce calendrier est le même pour tout le monde, et pour toute la vie, recommençant chaque année dans les mêmes termes et selon une même cadence : il s'agira toujours de méditer, et de célébrer, le mystère d'un Dieu fait homme pour sauver une humanité que l'égoïsme avait coupée du vrai bonheur. Ce paysage quotidien semble morne à quiconque ne se doute pas que la vie intérieure est une succession de sommets et de précipices, et que la blessure mystique – le séraphin transverbérant le cœur de Thérèse d'Avila comme sur les toiles espagnoles – est la plus intense des expériences humaines.

Pour Thérèse elle-même, si l'on s'en tient à ce que tout le monde peut voir, l'affaire la plus marquante de ces neuf années de Carmel sera la tragédie de la tuberculose, à partir du Vendredi saint 1896, date de sa première hémoptysie, jusqu'à sa mort un an et demi plus tard. Pourtant, elle veut nous montrer autre chose : dans ses manuscrits autobiographiques, elle suit une chronologie douteuse, attestant que l'essentiel n'est pas de livrer sa vie en s'attachant à l'exactitude des faits dans leur succession temporelle, mais de mettre en lumière une vocation et son accomplissement. Vocation qu'elle comprend toujours mieux, rétrospectivement, en racontant le combat qu'elle a mené pour l'accomplir, et dont elle veut révéler la technique. Affinée au rythme des échecs, des grâces et des victoires, cette technique a fait l'essentiel de la célébrité de Thérèse sous le nom de « petite voie ». Dans la vie de la sainte – comme de toute carmélite, comme de tout être saisi par le drame de l'existence –, la tension est permanente, on l'a dit, mais elle est cachée. Elle se joue au creux de l'âme.

C'est de cette vie invisible à l'œil nu qu'il est pressant de faire l'éloge.

Le bon Dieu m'a fait la grâce de ne pas craindre la guerre, notait sœur Thérèse à l'été 1897, quelques semaines avant sa mort[273]. Les pages qui suivent ne sont pas le tableau chronologique d'une vie de combat derrière les grilles du Carmel, mais l'exposé d'une tactique, et le récit de quelques victoires célèbres.

*

Thérèse est pragmatique. Elle a lu ce conseil dans l'Évangile : « Quel roi, s'il va faire la guerre à un autre roi, ne s'assied d'abord pour examiner s'il peut, avec dix mille hommes, marcher à la rencontre de celui qui vient l'attaquer avec vingt mille ? S'il ne le peut, tandis que cet autre roi est encore loin, il lui envoie une ambassade pour demander la paix[274]. » Cet exemple est donné par Jésus à ses disciples pour les inviter au réalisme : à moins d'être un crétin ou un doux rêveur, on ne part faire la guerre que si l'on a une chance de la gagner. Si l'on estime n'avoir aucune chance, on emprunte sans tarder la voie diplomatique. L'ambition de Thérèse ne se réalisera que selon une stratégie raisonnable, capable de l'emporter. Pour devenir sainte, elle luttera loin des légendes, dans la monotonie des jours, dans les humbles travaux et la patience. Sans romantisme. *Avant de mourir par le glaive, mourons à coup d'épingles*[275], écrit-elle. Une philosophie qu'elle découvre chaque jour davantage à l'école de la Grande Thérèse d'Avila : « Le démon nous inspire parfois des désirs sublimes, afin que, laissant de côté au service de Notre-Seigneur les choses possibles, nous nous tenions satisfaites d'avoir aspiré aux impossibles[276]. » Thérèse de l'Enfant-Jésus et de la Sainte-Face se méfie de l'illusion des velléitaires et des idéalistes, c'est-à-dire des rêveries de sa propre adolescence : *Souffrons avec amertume, sans courage !… Jésus a souffert avec tristesse ! […] Et nous voudrions souffrir généreusement, grandement !… Quelle illusion*[277] *!…* La sainteté est toujours à l'horizon, comme une promesse. Mais il faut supporter le poids du jour. Sans perdre la logique sans quoi tout est absurde : *Un jour viendra où les ombres disparaîtront, alors ne restera plus que la joie, l'ivresse*[278]… La passion est le prélude de la résurrection. Thérèse ne parlera d'ailleurs presque pas de la mort de son père. L'épreuve de la maladie l'a marquée, à cause de la souffrance insupportable, mais aussi, ainsi qu'on l'a dit, parce qu'elle a uni toute la famille à l'épreuve de Jésus. Sa mort, en revanche, est une bonne nouvelle, une naissance : Louis est au ciel. Il y est heureux (d'autant plus qu'il y a rejoint sa chère Zélie) et peut y intercéder pour ses filles (la prière de ceux qui sont au ciel, ainsi que n'aura de cesse de le dire Thérèse, est plus forte que celle de ceux qui sont encore sur la terre, dans la nuit).

Dans sa lutte de chaque jour, simple, héroïque, qu'est la persévérance au Carmel elle trouve déjà une jouissance. Elle jouit *de la récompense promise à ceux qui combattent courageusement*[279]. Ce sont les prémices du Royaume : *Ah ! pour jouir mille ans des fêtes mondaines, je n'aurais pas donné les dix minutes employées à remplir mon humble office de charité*[280]... Mais c'est une drôle de jouissance, car les consolations sensibles se font rares. Certains jours de découragement ou de fatigue, la tentation du retour à une vie comme tout le monde lui traverse l'esprit. Mais le secret de sa constance, le cœur de tout, Thérèse le livre dans une lettre à sa sœur Marie : *C'est la confiance et rien que la confiance qui doit nous conduire à l'Amour*[281]... Après avoir fait le tour de toutes les stratégies, Thérèse a fini par découvrir que la confiance était *le seul moyen de se débarrasser du démon, car quand il voit qu'il perd son temps il vous laisse tranquille*[282] *!...* Le diable ne supporte pas la foi dans les promesses de l'amour : la peur, le mensonge et la jalousie sont ses plus vieilles ruses[283]. Alors que tout cela est dans l'Évangile depuis vingt siècles, mais que beaucoup lisent mal, Thérèse a décidé, en choisissant l'absolue confiance en Dieu, de faire voir ce qu'était la religion de l'amour, et en creux ce qu'était le faux christianisme. À une Marie Guérin bien de son temps, qui n'ose plus communier après avoir été émoustillée par des nus à l'Exposition universelle de 1889, Thérèse écrit d'y aller sans crainte[284]. Car elle en sait quelque chose, la scrupuleuse repentie... Le génie de Thérèse clarifie le regard, pour aller droit au but : *Ton cœur est fait pour aimer Jésus, pour l'aimer passionnément, prie bien afin que les plus belles années de ta vie ne se passent pas en craintes chimériques*[285]. S'il faut faire confiance à Dieu, répète-t-elle, c'est parce qu'il est la miséricorde même. Loin de s'impatienter devant le péché, contrairement à ce que voudraient faire croire les tenants de l'ordre moral, les puritains accusateurs, il déborde de compassion, de bienveillance, ses entrailles maternelles se serrent devant la souffrance de quiconque s'est égaré loin du bonheur. Son cœur a pitié de notre misère. Il pardonne. Là est la suprême expression de son amour, et de sa toute-puissance. *Ce qui offense Jésus, ce qui le blesse au cœur, c'est le manque de confiance*[286] *!...* Ainsi ne met-elle pas sa cousine en garde contre ses pensées lubriques, mais contre son manque de confiance en Dieu. Il n'est pas d'amour sans confiance.

Thérèse, tout en se sachant loin du but (devenir une grande sainte), s'appuie donc sur l'infinie miséricorde de Dieu. D'où lui vient une telle assurance que tout cela est vrai ? Il lui suffit de regarder l'amour dont elle a été aimée depuis le début. L'amour de ses parents et de ses sœurs a marqué sa vie à jamais. Puis, peu à peu, elle a découvert à travers les expressions humaines de l'amour que l'amour primordial venait de Dieu. Sa foi en l'amour est le fruit d'une expérience humaine, traversée par la grâce. En un sens, Thérèse décide de croire. Cela la conduit plus loin qu'aucune imagination. *Votre amour m'a prévenue dès mon enfance, il a grandi avec moi, et maintenant c'est un abîme dont je ne puis sonder la profondeur*[287]. Mais il faut y répondre, car *l'amour attire l'amour*[288]. Rien d'autre ne la satisfera. Elle le sent. Comment faire ? Rendre l'amour infini et éternel de Dieu à son auteur est impossible à Thérèse Martin. Thérèse de l'Enfant-Jésus et de la Sainte-Face, heureusement, a une solution : *Pour vous aimer comme vous m'aimez, il me faut emprunter votre propre amour, alors seulement je trouve le repos*[289]. Concrètement, cela passe par la prière qui, loin d'être une récitation mécanique et extérieure à soi-même, non plus qu'un simple SOS lancé dans les coups durs, est un dialogue avec Dieu, qui confine à l'union amoureuse. Lorsqu'elle lit et médite l'Évangile, mâchant, remâchant, ruminant les versets de la vie de Jésus, Thérèse entre dans l'intimité de celui qu'elle mange physiquement à la messe. Elle s'acclimate à lui corps et âme, écoute ses conseils, observe ses habitudes et ses réflexes, découvre qui il est vraiment, Jésus de Nazareth, l'amour incarné. Comment agit-il devant la souffrance des autres ? Comment réagit-il à l'insulte ? à la violence ? Que fait-il de sa vie, de ses journées galiléennes, avec les pécheurs de Tibériade et les rabbins de Capharnaüm ? Il écoute, il soigne, il enseigne, il pardonne. En le rencontrant dans la prière quotidienne, au cours des longues plages d'oraison qu'elle passe dans l'ombre de la chapelle, matin et soir (car fréquenter Jésus pour en devenir familière suppose du silence et de longues heures perdues dans la Bible), Thérèse est progressivement modelée par le style évangélique. Elle se laisse traverser par le feu de cet amour qui la brûle, qui la façonne pour qu'elle devienne sainte. C'est-à-dire pour qu'elle devienne comme Dieu. En imitant Jésus. Thérèse le supplie de l'arracher à son amour-propre, de réduire ses propres imperfections en cendres. Pour qu'elle puisse enfin lui être unie, pour qu'elle puisse dire comme au jour de sa première communion : « C'est Jésus qui vit en moi. » C'est douloureux mais c'est irrésistible. *Qu'est-ce donc de demander d'être Attiré, sinon de s'unir d'une manière intime à l'objet qui captive le cœur ? Si le feu et le fer avaient la raison et que ce dernier disait à l'autre : Attire-moi, ne prouverait-il pas qu'il désire s'identifier au feu de manière qu'il le pénètre et l'imbibe de sa brûlante substance et semble ne faire qu'un avec lui. [...] Je sens que plus le feu de l'amour embrasera mon cœur, plus je dirai : Attirez-moi*[290]. On est libre de voir dans ces lignes une mystique hors-sol. Thérèse elle-même s'en désole : *Je trouve mon impuissance à redire avec des paroles terrestres les secrets du Ciel [...]. Je vous assure qu'il n'est aucune exagération dans ma petite âme, que tout y est calme et reposé*[291]. Mais puisqu'elle a découvert la pureté de son amour, de sa miséricorde, elle ne pourra jamais dire les merveilles de Dieu sans paraître excessive : Dieu pardonne inlassablement, comme aucun homme ne pardonne. Cette mystique est tout sauf hors-sol, en réalité. Thérèse a vu les conséquences concrètes de l'amour divin jusque dans le journal du soir, quand Jésus a pardonné à l'égorgeur, conformément à ce qui était écrit dans l'Évangile : « S'approchant, Pierre lui dit : Seigneur, combien de fois, mon frère péchant contre moi, lui pardonnerai-je ? jusqu'à sept fois ? Jésus lui dit : Je ne te dis pas jusqu'à sept fois, mais jusqu'à septante fois sept fois[292]. » L'amour et le pardon se répondent et vont ensemble, ils sont inextricables. De Marie-Madeleine, la prostituée qui lui couvre les pieds de baisers, de parfum et de pleurs, Jésus n'a-t-il pas dit à un spécialiste de la loi juive très sûr de lui et de son opinion sur Dieu : « Vois-tu cette femme ? Je suis entré dans ta maison, et tu ne m'as point donné d'eau pour mes pieds ; elle, au contraire, elle les a arrosés de ses larmes et les a essuyés avec ses cheveux. Tu ne m'as point donné de baiser ; mais elle, depuis qu'elle est entrée, elle n'a cessé de baiser mes pieds. Tu n'as pas oint ma tête d'huile, mais elle, elle a oint mes pieds de parfums. C'est pourquoi je te le dis : Beaucoup de péchés lui sont remis, parce qu'elle a beaucoup aimé. Mais celui à qui on remet moins aime moins[293]. »

Hélas ! Dans son exploration de la miséricorde de Dieu, et dans son entreprise d'union parfaite à Jésus, Thérèse bute sur un problème : elle essaie de se situer par rapport à Marie-Madeleine. Et, clairement, elle n'a pas fait ses heures au bordel. Son confesseur est même allé jusqu'à lui dire qu'elle n'avait jamais commis le moindre péché mortel[294]. Mais alors, s'il lui est moins pardonné qu'à la Madeleine, est-elle condamnée à une moindre histoire d'amour ? « Celui à qui on remet moins aime moins… » Elle médite, dans la chapelle, durant les heures de travail, balai ou fer à repasser à la main, sans relâche. L'énigme a forcément sa solution, car Jésus est juste, et il aime tout le monde. Faudra-t-il qu'elle aille à son tour commettre de gros péchés, qui blessent et qui souillent, pour ensuite se jeter aux pieds de Jésus, et en être parfaitement aimée ? Ce serait absurde. Soudain, au cœur de la prière, la lumière se fait : bien sûr, elle est aussi aimée que sainte Madeleine, d'un amour plus prévenant encore. Car Jésus, la sachant trop faible – contrairement à la Madeleine, elle n'aurait pas eu la force de se relever –, il a prévenu la chute : *Il n'a pas attendu que je l'aime beaucoup comme Ste Madeleine, mais il a voulu que je sache comment il m'avait aimée d'un amour d'ineffable prévoyance, afin que maintenant je l'aime à la folie*[295] *!...* Et Thérèse de relire sa vie à l'aune de cette évidence. Ainsi qu'elle en a déjà pris conscience, le Seigneur l'a fait grandir dans une famille au cœur pur, débordant de tendresse. Il l'a mise sur une route où les épreuves n'ont pas manqué, mais où l'amour a toujours été présent. Ainsi a-t-elle été épargnée par la tentation du grand péché, qui est l'insulte à l'amour. Ce que Thérèse lit dans le récit de sa vie n'est pas l'histoire de son héroïsme, mais de l'amour de Dieu : *Jésus m'a plus remis* *qu'à Ste Madeleine, puisqu'il m'a remis d'avance, m'empêchant de tomber*[296]. Elle comprend donc qu'elle n'a *aucun mérite à ne [s']être pas livrée à l'amour des créatures*[297]. C'est le bon Dieu qui l'en a préservée. Parce qu'*avec un cœur comme le mien, je me serais laissé prendre et couper les ailes*[298]. Et les œuvres de Dieu n'étant pas absurdes, si la pureté de Thérèse est l'œuvre de son amour prévenant, c'est qu'il avait une idée derrière la tête : *Il voulait faire éclater en moi sa miséricorde ; parce que j'étais petite et faible il s'abaissait vers moi, il m'instruisait en secret des choses de son amour*[299]. La très mûre Thérèse comprend qu'il ne faut pas nécessairement s'être égarée pour rencontrer Dieu. Elle ne croit pas qu'il soit bon d'avoir *tout vécu* ; ni que l'on aurait une vie plus pleine en ayant *goûté à tout.* Petite vierge de quinze ans enfermée dans son Carmel normand, elle sait que la vie pleine, elle y est plongée jusqu'au cou. Et elle n'a plus d'autre désir que de *chanter les miséricordes du Seigneur*[300]. C'est par ces mots qu'elle achèvera ses manuscrits autobiographiques : *Oui je le sens, quand même j'aurais sur la conscience tous les péchés qui se peuvent commettre, j'irais, le cœur brisé de repentir, me jeter dans les bras de Jésus, car je sais combien Il chérit l'enfant prodigue qui revient à Lui. Ce n'est pas parce que le bon Dieu, dans sa prévenante miséricorde, a préservé mon âme du péché mortel que je m'élève à Lui par la confiance et l'amour*[301]. C'est parce qu'il l'aime de l'amour infini dont il aime tous les hommes, toutes les femmes. Mais tous ne le savent pas. À partir de là, sa mission est claire : en étendre la nouvelle à tous les royaumes de la terre, proclamant : Dieu vous aime. En voulez-vous une preuve ? Il m'a aimée d'un amour fou, moi qui avais moins de vertu que Marie-Madeleine. Et quand bien même aurais-je fait pire que Pranzini, il ne m'en aurait pas moins aimée. Venez tous à Dieu, vous qui cherchez l'amour. *Je sais qu'il y a des saints qui passèrent leur vie à pratiquer d'étonnantes mortifications pour expier leurs péchés ; mais que voulez-vous, « il y a plusieurs demeures dans la maison du Père Céleste » (Jn 14,2), Jésus l'a dit et c'est pour cela que je suis la voie qu'Il me trace*[302].

Ce message est d'une extraordinaire fraîcheur. Et à la fin du XIXe siècle, c'est une révolution spirituelle. L'histoire d'amour de Thérèse avec Jésus n'a rien à voir avec la religion de la culpabilité et des pratiques sans largesse. Elle connaît trop bien son Jésus pour croire aux calembredaines des superstitieux ou du parti de l'ordre. Dieu est amour. Elle a compris sa vocation (*il voulait faire éclater en moi sa miséricorde*), et a choisi de s'y tenir, quels que soient les états de son cœur : *Je tâche de ne plus m'occuper de moi-même en rien*[303]. Le christianisme est la religion de l'amour et par conséquent, ainsi qu'on l'a dit, la religion du corps social : le chrétien est solidaire de tous les hommes. Non simplement en pensée, le temps d'une pétition ou d'un texte « engagé », mais par sa vie concrète. Dans l'économie mystérieuse du Christ, où les actes des uns ne sont pas sans conséquence pour la vie des autres, Thérèse peut écrire ces mots qui résument tout : *Je n'ai pas choisi une vie austère pour expier mes fautes, mais celles des autres*[304]. Elle a rejoint dans les brumes du Calvados la vie des solitaires de la Thébaïde sous le soleil du IVe siècle[305]. Cachée, elle témoignera de l'amour. Elle accepte de prendre sur ses épaules les exigences de la justice pour que la miséricorde se déverse à grands flots dans le monde. Car elle croit non seulement à la force de la prière, mais aux conséquences pratiques de tout acte humain, dans l'histoire. Lorsqu'elle passe sa récréation avec une sœur ennuyeuse, qui se plaint ou n'a rien de passionnant à dire, lorsqu'elle l'écoute sans manifester d'impatience, Thérèse étend l'amour de Dieu au monde. Lorsqu'elle nettoie des recoins inexplorés de la cuisine, sans que personne le sache jamais, aussi. Dans le grand équilibre du monde, sur les plateaux de Dieu, de tels actes sont éternels. Et leurs effets, même invisibles, même lorsque l'amour semble vain, sont très certains aux yeux de Thérèse, qui s'en remet à la promesse du Christ : « Autre est celui qui sème, et autre celui qui moissonne[306]. » Quand bien même elle ne verrait jamais le blé mûr, Thérèse a confiance. Tant qu'elle aime, elle participe à l'œuvre de ce Dieu qui, sans se lasser, pardonne et guérit.

*

Son œuvre quotidienne d'offrande d'elle-même à l'amour est résumée dans un texte écrit pour la fête de la Sainte-Trinité, le 9 juin 1895. Y ramassant toute sa théologie (toute sa technique), elle prévient qu'au soir de sa vie elle se présentera devant Jésus les mains vides, car rien qui vienne d'elle-même n'est digne d'être offert. Et c'est très bien comme ça.

Après plusieurs années au monastère, toutefois, voyant le chemin qui reste à parcourir pour devenir parfaite, elle est fatiguée. Car elle a beau aimer de toutes ses forces, multiplier les efforts microscopiques pour n'être jamais désagréable, rendre service sans en attendre de reconnaissance et prier sans relâche à la chapelle, elle fait l'expérience que *plus on avance dans [le] chemin [de la perfection], plus on se croit éloigné du terme*[307]. Sa vie n'a rien à voir avec celle des grands saints, Thérèse d'Avila qui révolutionnait la mystique et fondait des couvents à tour de bras, François d'Assise qui vivait avec les misérables, pacifiait les brutes et convertissait les sultans, ou les martyrs qui répondaient à la haine en bénissant leurs bourreaux. Pourtant elle ne baisse pas les bras ; elle sera sainte, c'est pour cela qu'elle est faite. Et si elle n'a pas la force des grands militaires, elle aura la stratégie des intrigants. Ainsi se met-elle en peine d'un raccourci à sa mesure, pour atteindre l'amour inatteignable. Elle imagine *le moyen d'aller au Ciel par une petite voie bien droite, bien courte, une petite voie toute nouvelle*[308]. C'est l'époque du chemin de fer et du téléphone, la jeune carmélite s'alignera sur la modernité : *Ce n'est plus la peine de gravir les marches d'un escalier, chez les riches un ascenseur le remplace avantageusement. Moi je voudrais aussi trouver un ascenseur pour m'élever jusqu'à Jésus, car je suis trop petite pour monter le rude escalier de la perfection. Alors j'ai recherché dans les livres saints l'indication de l'ascenseur, objet de mon désir, et j'ai lu ces mots sortis de la bouche de la Sagesse Éternelle : « Si quelqu'un est* TOUT PETIT *qu'il vienne à moi*[309]*. » Alors je suis venue*[310]. Si la spiritualité de Thérèse évoque davantage ici les calculs d'un Rastignac que les charges sur un champ de bataille, c'est que tout stratège passe du temps à lire les cartes et à étudier les forces en présence. En petite fille appliquée, elle continue donc de parcourir l'Écriture. Et Dieu dit : « Je vous porterai sur mon sein et je vous balancerai sur mes genoux[311] ! » C'est ainsi qu'elle comprend tout : *L'ascenseur qui doit m'élever jusqu'au Ciel, ce sont vos bras, ô Jésus ! Pour cela je n'ai pas besoin de grandir, au contraire il faut que je reste petite, que je le devienne de plus en plus*[312]. Voici le grand paradoxe de l'Évangile, déjà évoqué par Thérèse à l'heure de la conversion de Noël. Elle avait entrevu que pour devenir comme Dieu, qui est amour, il fallait retrouver l'esprit de l'enfance, qui est la confiance. Mais en fouillant dans la Bible pour affiner sa stratégie, elle y découvre que les choses vont plus loin qu'elle n'avait pu l'imaginer : la grande sainte qu'elle a l'ambition d'être *sera* une petite fille. Jésus lui-même – le créateur du ciel et de la terre, le saint des saint – s'est fait nourrisson au soir de Noël. Et il a dit haut et fort : « Si vous ne changez pas pour devenir comme les enfants, vous n'entrerez pas dans le royaume des Cieux[313]. » C'est par la voie de l'enfance que l'on emprunte « l'ascenseur » des bras de Jésus, qui élève là où aucune force humaine ne peut conduire.

Puisque Thérèse est incapable d'actions éclatantes, et que néanmoins *l'amour se prouve par les œuvres*, c'est en se contentant de gestes simples, à sa portée, qu'elle témoignera de son amour : *Oui mon Bien-Aimé, voilà comment se consumera ma vie... Je n'ai d'autre moyen de te prouver mon amour que de jeter des fleurs, c'est-à-dire de ne laisser échapper aucun petit sacrifice, aucun regard, aucune parole, de profiter de toutes les plus petites choses et de les faire par amour*[314]... Elle a observé la manière divine d'agir. Jésus « n'est pas venu pour être servi mais pour servir[315] ». Si c'est comme ça, elle s'abaissera elle aussi. L'orgueil, le mensonge et l'égoïsme qui sans cesse s'en prennent à l'amour ne seront plus simplement repoussés par des actes d'amour ici ou là, par une « bonne action » quotidienne, ni même par des coups d'éclat héroïques pour s'endormir la conscience tranquille. Elle fera *tout* par amour. Et ce sera on ne peut plus concret : à la cuisine, à la chapelle, pendant les récréations, elle vivra l'amour de façon permanente.

Mais à bien y regarder, la petite voie nouvelle, la technique de l'ascenseur, n'a rien de tranquille. Car est-il possible de n'être plus qu'amour, jusque dans ses moindres actes ? De privilégier la vie et le bonheur de l'autre en toute chose, de donner sa vie, y compris à ceux que l'on ne peut pas sentir ? Thérèse rumine, se débat face à sa propre ambition, cette vocation à la sainteté qui la dépasse. *Ah ! pardonne-moi Jésus, si je déraisonne en voulant redire mes désirs, mes espérances qui touchent à l'infini, pardonne-moi et guéris mon âme en lui donnant ce qu'elle espère !!! Être ton épouse, ô Jésus, être carmélite, être par mon union avec toi la mère des âmes, cela devrait me suffire... il n'en est pas ainsi*[316]... L'immensité de ses désirs pourtant n'est pas une chimère, non, l'insatisfaction n'est pas sans issue. Et c'est ici le cœur du génie de Thérèse : ne jamais baisser les armes tant qu'elle n'a pas trouvé à s'apaiser, car il faudra bien que s'accomplisse la phrase prophétique de son enfance (« je choisis tout »). Pour quoi est-elle faite, au fond ? Est-ce que ce sera clair un jour ? *Sans doute, ces trois privilèges sont bien ma vocation, Carmélite, Épouse et Mère, cependant je sens en moi d'autres vocations, je me sens la vocation de guerrier, de prêtre, d'apôtre, de docteur, de martyr ; enfin, je sens le besoin, le désir d'accomplir pour toi, Jésus, toutes les œuvres les plus héroïques... Je sens en mon âme le courage d'un Croisé, d'un Zouave Pontifical, je voudrais mourir sur un champ de bataille pour la défense de l'Église...* Et ne croyons pas qu'elle s'arrêtera en si bon chemin. Celle qui avait été déçue par la mondanité de tant de prêtres et s'était plainte de la misogynie romaine affirme tranquillement, à la fin du XIXe siècle : *Je sens en moi la vocation de prêtre ; avec quel amour, ô Jésus, je te porterais dans mes mains lorsque, à ma voix, tu descendrais du Ciel... Avec quel amour je te donnerais aux âmes...* Elle sait pourtant qu'il y a un hic, car à tout vouloir on risque de rencontrer la contradiction : *Mais hélas ! tout en désirant d'être Prêtre, j'admire et j'envie l'humilité de St François d'Assise et je me sens la vocation de l'imiter en refusant la sublime dignité du Sacerdoce*[317]. Il faut relever que ça n'est pas dans sa condition de femme que Thérèse trouve un obstacle au sacerdoce, mais dans son désir concomitant de partager l'humilité d'un saint François d'Assise. Liberté d'expression proprement extraordinaire à son époque. Toujours est-il qu'elle continue de tout désirer, de tout réclamer, y compris ce qui est inconciliable. *Ô Jésus ! mon amour, ma vie… comment allier ces contrastes*[318] *?*

Sachant le livre où toutes les questions trouvent leur réponse, elle rouvre la Bible. C'est dans saint Paul, au cours d'une oraison à la chapelle, qu'elle trouvera enfin la réponse. Dans la première épître aux Corinthiens. Après avoir lu au chapitre 12 *que l'Église est composée de différents membres et que l'œil ne saurait être en même temps la main*[319], ce qu'elle savait déjà, elle y trouve la confirmation que son désir d'être à la fois guerrier, carmélite, prêtre, martyr et épouse n'est pas raisonnable. La réponse est claire, mais on ne peut plus décevante. Et Thérèse ne trouve pas la paix qu'elle espère. Alors elle continue de creuser. Et tout s'éclaire au chapitre 13 (il suffisait de tourner la page).

Il y a bien une chose qui ramasse toutes les vocations que Thérèse voudrait embrasser. Cette chose, c'est le cœur de l'Église, sans lequel aucun membre ne s'anime. C'est donc cela qu'il lui faudra choisir : *Je compris que l'Amour seul faisait agir les membres de l'Église, que si l'Amour venait à s'éteindre, les Apôtres n'annonceraient plus l'Évangile, les Martyrs refuseraient de verser leur sang. Je compris que l'amour renfermait toutes les vocations, que l'amour était tout, qu'il embrassait tous les temps et tous les lieux... en un mot, qu'il est éternel !... Alors dans l'excès de ma joie délirante, je me suis écriée : Ô Jésus, mon Amour... ma vocation, enfin je l'ai trouvée, ma vocation, c'est l'amour... Oui j'ai trouvé ma place dans l'Église et cette place, ô mon Dieu, c'est vous qui me l'avez donnée... dans le cœur de l'Église, ma Mère, je serai l'Amour... ainsi je serai tout... ainsi mon rêve sera réalisé*[320] *!!!...*

Thérèse sera donc l'amour, c'est-à-dire Dieu[321]. Enfin, elle est en paix. Elle est sûre de sa tactique : la voie de l'enfance (devenir humble) et la vocation à l'amour (devenir Dieu) vont ensemble. Car Jésus n'est pas un beau parleur, il *ne [lui] inspirerait pas les désirs qu'[elle] ressen[t], s'il ne voulait les combler*[322]. Bien sûr, c'est à lui qu'elle demande d'opérer la transformation. Soulagée, sereine, elle peut reprendre le combat, balai à la main, composant des bouquets de fleurs pour embellir le cloître. La vie est simple. Un jeu d'enfant. Il suffit de s'en remettre à Dieu, et le plus petit ici-bas deviendra le plus grand guerrier des armées célestes. La prière et le sacrifice *sont les armes invincibles que Jésus [lui] a données*[323]. Le sacrifice, c'est la vie du Carmel, et les incessants efforts pour être gentille, généreuse, pour aimer simplement. La prière, elle s'y livre passionnément, malgré la lutte que cela suppose, car c'est un lieu aride ; il faut tenir bon, lorsque l'on passe plusieurs heures par jour en silence, à ruminer l'Évangile dans le dépouillement d'une chapelle. Pourtant, c'est là qu'elle puise la force d'aimer. Car Thérèse est certaine que la prière est puissante, *on dirait une reine ayant à chaque instant libre accès auprès du roi et pouvant obtenir tout ce qu'elle demande*[324]. Heureusement, le roi se passe des obséquiosités, il suffit que la requête soit claire : *Il n'est point nécessaire pour être exaucée de lire dans un livre une belle formule composée pour la circonstance [...], je dis tout simplement au bon Dieu ce que je veux lui dire, sans faire de belles phrases, et toujours il me comprend*[325]... Si la prière a cette simplicité, c'est parce qu'elle est avant tout un dialogue amoureux, et que les amoureux se parlent sans fausse pudeur. *C'est un cri de reconnaissance et d'amour au sein de l'épreuve comme au sein de la joie ; enfin c'est quelque chose de grand, de surnaturel, qui me dilate l'âme et m'unit à Jésus*[326]. Quand elle a fini de dire à Dieu qu'elle l'aime, ce que Thérèse réclame avant tout dans sa prière, c'est l'amour dont elle aura besoin pour continuer à faire le bien dans toutes ses tâches quotidiennes. *Voici ma prière, je demande à Jésus de m'attirer dans les flammes de son amour, de m'unir si étroitement à lui, qu'il vive et agisse en moi*[327]. Elle prie aussi pour le salut des pécheurs, pour la sainteté des prêtres, pour la vie de tous à travers le monde, à qui elle a décidé de livrer sa vie – comme Jésus, le jour où on l'a cloué sur la croix. Si la tâche est rude, c'est parce que la foi n'est pas magique. Certains matins, certains soirs, puis pendant des jours, Thérèse est *extrêmement éprouvée, presque triste, dans une nuit telle*[328] qu'elle en vient à douter de l'amour de Dieu, parfois même de son existence. Toute sa vie serait-elle absurde ? Plus de lumière, plus de sentiment, plus de certitude, comme si elle n'était plus amoureuse, comme si son amant n'avait jamais été qu'une ombre imaginaire. Il se joue en fait quelque chose d'essentiel.

Car Thérèse se souvient du temps où elle jouissait *d'une foi si vive, si claire, que la pensée du Ciel faisait tout [son] bonheur : je ne pouvais croire qu'il y eût des impies n'ayant pas la foi. Je croyais qu'ils parlaient contre leur pensée en niant l'existence du Ciel*[329]. Elle peinait alors à se mettre à la place des athées. Or l'amour étant sans limites, la compassion de celle qui avait décidé d'être l'amour doit s'élargir aux dimensions du monde. Il faut qu'elle rejoigne jusqu'en sa vie propre ceux qui ne croient pas en Dieu. Ainsi comprend-elle que Jésus a permis que son âme soit envahie *par les plus épaisses ténèbres, et que la pensée du Ciel si douce pour [elle] ne soit plus qu'un sujet de combat et de tourment*[330]. Elle est ainsi devenue la sœur de tous, y compris des athées dont elle partage la nuit, et qu'elle emporte dans sa prière nocturne. Elle est en un sens devenue l'une d'entre eux, prise dans les filets du doute et de l'angoisse : *Il me semble que les ténèbres, empruntant la voix des pécheurs, me disent en se moquant de moi : « Tu rêves la lumière, une patrie embaumée des plus suaves parfums, tu rêves la possession éternelle du Créateur de toutes ces merveilles, tu crois sortir un jour des brouillards qui t'environnent ! Avance, avance, réjouis-toi de la mort qui te donnera, non ce que tu espères, mais une nuit plus profonde encore, la nuit du néant*[331]. » Cet état durera du 5 avril 1896 jusqu'au jour de sa mort, le 30 septembre 1897. Ses premières glaires de sang datent du 3 avril 1896. Elle est tuberculeuse au dernier degré.

Thérésita de la Sainte-Face continue pourtant à vivre, à servir, à sourire. Car elle n'est sans Dieu que par le sentiment, par l'impression superficielle (et insupportable) qu'il n'existe pas. Elle ne *sent* plus sa présence. La maladie, si injuste, pourrait aussi être vue comme un signe de la radicale absence du bien-aimé. Mais au tréfonds de son âme, et dans ses actes plus encore, Thérèse continue de confesser qu'il existe, d'accomplir ce qu'il demande, d'espérer ce qu'il promet. Quel est le sens de tout cela ? *Tout en n'ayant pas la jouissance de la foi,* note-t-elle au printemps 1897, *je tâche au moins d'en faire les œuvres. Je crois avoir fait plus d'actes de foi depuis un an que pendant toute ma vie*[332]. La guerrière sait que la seule manière de contrarier la tentation du néant, c'est d'aimer comme Dieu aime :

À chaque nouvelle occasion de combat, lorsque mon ennemi vient me provoquer, je me conduis en brave, [...] je cours vers mon Jésus, je lui dis être prête à verser jusqu'à la dernière goutte de mon sang pour confesser qu'il y a un Ciel[333]. C'est l'amour qui prouve Dieu. Si elle ne parvient plus à croire par le sentiment, elle peut encore croire à travers ses propres actes : se voyant qui aime, elle voit Dieu à l'œuvre. Cela est on ne peut plus concret. On va l'illustrer bientôt.

Elle traverse donc les ténèbres sensorielles ou sentimentales de ceux qui croient que Dieu n'existe pas, mais jamais ne tombe dans l'athéisme. Unie au Dieu de la Passion jusqu'à l'oblation d'elle-même, Thérèse choisit de s'en tenir au commandement divin plutôt qu'à son propre sentiment humain, comme Jésus dans la nuit de son agonie a choisi d'aller jusqu'au bout de l'amour.

Dans les derniers mois de sa vie, elle est dépouillée de ses rêves, nue : *Je n'ai plus de grands désirs si ce n'est celui d'aimer jusqu'à mourir d'amour*[334]. Jusqu'à son dernier souffle de poitrinaire, elle sera sur le champ de bataille. Et, courage suprême, celle qui est si pressée d'aller au ciel renonce même à mourir tout de suite, pourvu que cela serve la victoire. *Oh ! non, je ne crains pas une longue vie, je ne refuse pas le combat*[335]. *Je consens même à ce que ma vie soit très longue, la seule grâce que je désire, c'est qu'elle soit brisée par l'amour*[336].

7

Mourir au champ d'honneur

Quand la question est grave, la Bible se paie le luxe de la clarté : « Si quelqu'un dit : J'aime Dieu, et qu'il haïsse son frère, c'est un menteur. Car celui qui n'aime point son frère qu'il voit, comment peut-il aimer Dieu qu'il ne voit pas[337] ? » Le seul combat que Jésus ait commandé absolument, c'est celui de l'amour fraternel. Thérèse a compris que c'était le seul combat valable.

Nous connaissons sa technique, désormais : se laisser traverser par l'amour de Dieu, se laisser consumer jusqu'à devenir elle-même l'amour de Dieu. Mais n'a-t-elle pas déjà touché au but ? Car concrètement, que manque-t-il encore à Thérèse, cette jeune fille qui dans la nuit de la foi, les poumons déchirés, continue de prier trois ou quatre heures par jour, de rendre service sans broncher et d'obéir aux demandes de sa supérieure (en particulier : terminer d'écrire sa vie) ? Elle est pourtant certaine de devoir progresser encore ; certains actes de patience et de douceur lui demandent un courage dont elle n'est pas capable, surtout vis-à-vis des sœurs qui ne lui reviennent pas. Or Jésus l'a dit : « Si vous aimez ceux qui vous aiment, quelle récompense aurez-vous ? Et si vous saluez vos frères seulement, que faites-vous de surcroît ? Les païens ne le font-ils pas aussi ? Soyez donc parfaits, comme votre Père céleste est parfait[338]. » Thérèse se rend à l'évidence : quelle que soit la situation, l'amour dont elle prétend brûler à toute heure doit passer dans des actes concrets qui manifestent cet amour, y compris aux sœurs les plus ennuyeuses, car *la charité ne doit point rester enfermée dans le fond du cœur : « Personne, a dit Jésus, n'allume un flambeau pour le mettre sous le boisseau, mais on le met sur un chandelier pour qu'il éclaire* TOUS *ceux qui sont dans la maison*[339]. » L'amour doit briller pour *tout le monde.* Or, devant cette exigence de l'Évangile, Thérèse reconnaît que certains de ses gestes d'agacement, même microscopiques – telle marque d'ennui devant une sœur qui ne lui plaît pas, tel signe d'indifférence vis-à-vis de telle autre –, sont les manifestations d'une impatience ou d'un dédain humains, qui peuvent blesser, et donc devenir des contre-témoignages de l'amour. Tous ses actes ne sont pas encore reflets de Dieu, qui aime chacun d'un amour parfait. Si pourtant Thérèse a choisi d'être cet amour, puisque telle est sa vocation, il lui faudra aimer comme Dieu aime. C'est-à-dire sans condition. *Ah ! je comprends maintenant que la charité parfaite consiste à supporter les défauts des autres, à ne point s'étonner de leurs faiblesses, à s'édifier des plus petits actes de vertu qu'on leur voit pratiquer*[340]. C'est décidé, son amour réchauffera toutes ses sœurs, *sans excepter personne*[341]. Devant le *manque de jugement, d'éducation, la susceptibilité de certains caractères, toutes choses qui ne rendent pas la vie très agréable*[342], Thérèse aimera. Pour mettre en œuvre un tel programme, il lui faut encore une fois affiner sa technique, car aimer les antipathiques n'est pas facile. Dans un effort de compassion hors du commun, elle s'efforce donc de comprendre ses sœurs désagréables, premières à souffrir de leur état. Leur infirmité morale (qu'elles soient caractérielles, injustes ou envieuses) est comme une maladie dont sœur

Thérèse ne saurait forcer la guérison. C'est bien plutôt une invitation à la douceur. Peut-être se souvient-elle à cette heure des soins incessants et désintéressés dont, adolescente malade, elle a joui aux Buissonnets parmi les siens empressés. Se mettant à la place des religieuses déplaisantes, elle songe que sa propre *Mère ne cesserait pas de [la] soigner, d'essayer de [la] soulager si [elle] restai[t] malade toute [sa] vie.* Elle en conclut : *Je dois rechercher en récréation, en licence, la compagnie des sœurs qui me sont le moins agréables, remplir près de ces âmes blessées l'office du bon Samaritain*[343]. L'entreprise, apparemment simple (être calme, attentionnée, jamais cassante), est surnaturelle en sa mise en œuvre. Car qui est capable de sourire *avec franchise* à celui ou celle pour qui il n'éprouve pas la moindre inclination (voire ressent de la répulsion) ? Comment s'inquiéter *sincèrement* du bonheur de celle dont le faciès nous hérisse le poil ? Par quel prodige reste-t-on patient en entendant dix fois les mêmes âneries dans la bouche d'un idiot fini ? Thérèse pourtant y parvient, sans vanité ni courbettes, pour répondre à la mission que Jésus lui a confiée. C'est un combat permanent. D'autant plus qu'une sœur du Carmel, en particulier, a *le talent de [lui] déplaire en toutes choses*, et ne lui laisse pas de répit. Ses moindres gestes, sa façon de se tenir, de penser, de parler, l'irritent. Mais bon sang (comment fait-il ?), Dieu l'aime d'un amour infini. Et puisqu'il s'agit de faire comme Dieu, Thérèse se met à prier pour cette sœur à chaque fois qu'elle la croise. Devançant l'objection des ricaneurs qui trouveraient que prier en silence est un acte bien facile pour se soulager la conscience (même s'il est exact que l'on prie naturellement pour ceux qu'on aime, et que prier pour ses ennemis est un réel effort), Thérèse décide d'aimer jusqu'au bout : *Je ne me contentais pas de prier beaucoup pour la sœur qui me donnait tant de combats, je tâchais de lui rendre tous les services possibles et, quand j'avais la tentation de lui répondre d'une façon désagréable, je me contentais de lui faire mon plus aimable sourire et je tâchais de détourner la conversation*[344]. C'est le combat de l'amour, aux antipodes de l'hypocrisie mondaine, ainsi que le révèle une logique toute simple : Thérèse a appris que *la charité ne devait pas consister dans les sentiments, mais dans les œuvres ;* ainsi s'applique-t-elle *à faire pour cette sœur ce [qu'elle aurait] fait pour la personne [qu'elle] aime le plus*[345]. C'est cela même qui avait ébloui la jeune Martin devant Jésus : elle s'était découverte aimée gratuitement, sans avoir rien fait d'aimable. De son côté, la sœur antipathique et néanmoins très aimée ne perçoit rien du stratagème : *Comme elle ignorait absolument ce que je sentais pour elle, jamais elle n'a soupçonné les motifs de ma conduite et demeure persuadée que son caractère m'est agréable*[346]. Elle se réjouit même d'être la préférée de sœur Thérèse de l'Enfant-Jésus. On est ici au cœur de l'héroïsme thérésien, loin de tout calcul mesquin : Thérèse ne cherche rien de plus que le bonheur de cette autre qu'elle-même.

Nous pourrions énumérer longtemps les illustrations du combat de celle qui s'est mise à donner sans rien attendre en retour, et même à prêter sans rien attendre en retour, ainsi qu'elle y est conduite par les sœurs qui lui demandent ingénument si elle ne pourrait pas leur « prêter » un peu de son temps pour travailler à la cuisine ou à la buanderie : temps dont elle sait pertinemment qu'il ne lui sera jamais rendu. Psychologue, Thérèse est avertie qu'il lui serait plus facile de le donner que de le prêter, ce temps, car au moins *cela contenterait l'amour-propre*[347]. Donner est un acte plus généreux, donc plus gratifiant. (La stratège en dépouillement radical va même jusqu'à songer que la volonté de donner à tout prix pourrait être une domination déguisée.) À dire *« Je vous le donne ! »*, elle signifierait clairement à celle qui n'avait pas prévu de le lui rendre que ce temps est perdu pour elle, donc donné, et non prêté. *Ah ! que les enseignements de Jésus sont contraires aux sentiments de la nature*[348] *!* conclut-elle, *prêtant* son temps sans rien dire. *Sans le secours de la grâce il serait impossible non seulement de les mettre en pratique mais encore de les comprendre*[349].

Ainsi s'écoulent les jours de Thérèse, qui de la glèbe de cette vie tire son trésor céleste, éternel. Son alchimie va certains jours jusqu'à transformer la désertion en une action glorieuse, lorsqu'elle choisit de ne pas défendre son bon droit alors qu'elle est accusée à tort d'une faute qu'elle n'a pas commise. Comme tout le monde, évidemment, son premier mouvement est de vouloir en découdre avec l'injustice qui lui est faite. Mais elle sait en même temps que les débats, les justifications, la recherche du dernier mot sont des ennemis de la paix. Une fois, se sentant incapable de retenir longtemps la petite phrase qu'elle voudrait envoyer au visage d'une sœur qui lui fait des reproches indus à propos d'une broutille, elle décide de prendre la fuite : *Aussitôt pensé, aussitôt fait, je partis sans tambour ni trompette, laissant la sœur continuer son discours qui ressemblait aux imprécations de Camille contre Rome. Mon cœur battait si fort qu'il me fut impossible d'aller loin et je m'assis dans l'escalier pour jouir en paix des fruits de ma victoire*[350].

Parmi ses innombrables triomphes, elle finira même par aimer l'incessant bruit de bouche de sa voisine de chapelle, qui lui bousille toutes ses oraisons. La vieille sœur fait un insupportable grincement de dents, indéfinissable, humide, obsédant. Tous les jours, pendant des mois, tortureé par le râtelier frétillant dans la salive, sœur Thérèse achève sa prière en une sueur froide d'exaspération. Jusqu'à ce que l'amour résolve tout : plutôt que de s'épuiser à lutter contre *le petit bruit si désagréable*, elle décide de l'aimer, mettant son attention *à le bien écouter, comme s'il eût été un ravissant concert*[351]. Et ça marche. C'est surhumain, et c'est tout simple.

Les milliers de sacrifices microscopiques de Thérèse sont les touches minuscules qui composent son chef-d'œuvre. Le monde dans lequel elle vit est celui de l'Évangile – « aimez-vous les uns les autres ». D'expérience, elle sait qu'elle en a été incapable pendant de longues années. Mais c'est Jésus qui agit en elle, désormais. Elle touche à la vie surnaturelle tant espérée, et goûte *quelle paix inonde l'âme lorsqu'elle s'élève au-dessus des sentiments de la nature*[352].

Consciente de la valeur de sa technique, Thérèse cherche à la faire connaître et pratiquer. Malgré la tuberculose, les nuits épouvantables et les poumons en sang, elle encourage les autres, car depuis 1893, parmi les emplois qu'elle occupe à la sacristie ou à la buanderie, elle a la charge de former les recrues du monastère, au noviciat. Là encore, son réalisme la distingue : *De loin cela paraît tout rose de faire du bien aux âmes, de leur faire aimer Dieu davantage, enfin de les modeler d'après ses vues et ses pensées personnelles. De près c'est tout le contraire, le rose a disparu*[353]... Car il n'y a pas de moule pour les âmes. Renonçant à la tentation de la formule universelle, qui permettrait de former en quelques mois la religieuse parfaite, qui obéirait aux ordres et renierait sa personnalité, la jeune maîtresse découvre que c'est à elle-même d'oublier ses goûts et ses conceptions personnelles pour *guider les âmes par le chemin que Jésus leur a tracé, sans essayer de les faire marcher par sa propre voie*[354]. On ne fait pas grandir les autres en en faisant des clones. Ainsi aidera-t-elle ses novices à devenir des femmes libres, capables d'aimer selon leur propre vocation et la singularité de leur être. Pour cela, Thérèse élabore un nouveau plan de bataille, dont la tactique est adaptée à chaque terrain, c'est-à-dire à chaque âme. Elle se souvient d'une parole du père Pichon, son directeur de conscience : « *Il y a bien plus de différence entre les âmes qu'il n'y en a entre les visages.* » Car si toutes ont plus ou moins les mêmes adversaires (il n'y a rien de plus banal que le péché : paresse, mensonge, vanité...), toutes diffèrent dans leurs aptitudes au combat. Le génie de Thérèse sera de changer de tactique en fonction des talents et des aspérités de chacune : avec celles qui ont besoin d'être rassurées, elle ne craint pas de s'*humilier en avouant [ses] combats, [ses] défaites*[355]. Ainsi, s'identifiant à leur maîtresse, dont elles comprennent qu'elle n'est pas naturellement parfaite, mais aussi faible qu'elles, les religieuses timorées reprennent courage et cherchent à l'imiter. Avec celles qui sont sûres d'elles-mêmes, au contraire, Thérèse fait preuve d'une fermeté de caporal, ne revenant jamais sur une chose dite, car *s'abaisser ne serait point alors de l'humilité, mais de la faiblesse*[356]. Corriger les autres a beau la mortifier, ainsi qu'elle le reconnaît, elle n'en livre pas moins *une guerre à mort*[357] à leurs plus petites imperfections, si cela peut les aider à devenir elles-mêmes.

*

Quand il s'agit d'aimer, Thérèse ne compte pas ses heures. Mais un jour la poitrine ne suit plus. Elle tousse, s'alite, crache du sang. On la descend à l'infirmerie. On lui applique des remèdes douloureux et assez inefficaces (friction avec des gants de crin, vésicatoires, pointes de feu, morphine). Le 6 avril 1897, mère Agnès de Jésus (Pauline) décide de noter sur un carnet jaune ce qu'elle sent être les dernières paroles de sa petite sœur, qui vient de fêter ses vingt-quatre ans.

L'agonie, du grec *agônia*, c'est le combat. Au jardin des Oliviers, la veille de sa crucifixion, le Christ lui-même a mené ce combat d'homme contre la mort : « Étant entré en agonie, il priait encore plus. Et il lui vint une sueur, comme des gouttes de sang découlant jusqu'à terre[358]. »

Lorsque sonne pour Thérèse l'heure de la dernière lutte, sa foi est toujours nocturne. Et les douleurs de la maladie, indescriptibles. Elle saigne, elle étouffe, mais continue de s'unir à Jésus : *Jamais je n'aurais cru pouvoir souffrir autant*, dit-elle à ses sœurs. *Et pourtant je crois que je ne suis pas au bout de mes peines*[359]. Elle n'a rien perdu de son réalisme ni de sa liberté de ton, au contraire : *C'est bien facile d'écrire de belles choses sur la souffrance, mais d'écrire, ce n'est rien, rien ! Il faut y être pour savoir*[360] *!* Elle se souvient sans doute que le Christ n'a pas davantage fanfaronné dans sa Passion. Au milieu des souffrances, seule la confiance en Dieu peut la maintenir en vie : *Quelle grâce !* s'écrie-t-elle. *Si je n'avais pas eu la foi, je me serais donné la mort sans hésiter un seul instant*[361]...

Dans ses heures de répit, elle parle aux sœurs qui se succèdent à son chevet. Elle cherche à faire rire Pauline, Marie et Céline : *Je tousse ! Je tousse ! Ça fait comme la locomotive d'un chemin de fer quand elle arrive à la gare. J'arrive aussi à une gare ; c'est celle du Ciel, et je l'annonce*[362] *!* Jusqu'au bout, on reconnaît sa patte, mélange de génie théologique, de bon sens et de plaisanterie potache : *Je suis très contente de m'en aller bientôt au Ciel, mais quand je pense à cette parole du bon Dieu : « Je porte ma récompense avec moi pour rendre à chacun selon ses œuvres*[363] *», je me dis que, pour moi, il sera bien embarrassé. Je n'ai pas d'œuvres ! Il ne pourra donc pas me rendre selon mes œuvres... Eh bien ! il me rendra selon ses œuvres à Lui*[364]... Toute sa théologie est là, au milieu des blagues de collégienne. Dieu ne pourra pas lui en vouloir d'arriver devant lui les mains vides, puisque son Évangile est une invitation au dépouillement. Même si Thérèse se doute, au fond, qu'elle a été un bon petit soldat de l'amour, vidé de son amour-propre pour que Jésus prenne toute la place. Ainsi, malgré la souffrance insupportable dont elle se lamente à chaque heure – tout en se félicitant d'être liée à la croix rédemptrice de Jésus –, elle est sereine devant la mort. En elles se sont alliées la confiance d'un enfant et la sagesse d'un vieillard pacifié. Le 13 juillet, elle écrit à un prêtre : *Que je suis heureuse de mourir*[365] *!* Elle croit en la vie éternelle, et sait que l'accomplissement de sa vocation ne s'achèvera pas avec son départ de la terre. Au contraire, tout commence : *Je sens que* *je vais entrer dans le repos... Mais je sens surtout que ma mission va commencer, ma mission de faire aimer le bon Dieu comme je l'aime, de donner ma petite voie aux âmes*[366]. Thérèse a tout un plan pour faire connaître sa technique de combat, depuis là-haut.

Les dernières semaines seront un calvaire, dans la chaleur de l'été. Le 30 septembre, quelques heures après avoir été traversée par des angoisses atroces, elle trouve encore la force de parler : *Je ne me repens pas de m'être livrée à l'amour*[367]. Son visage n'a jamais été aussi beau que sur la dernière photo que l'on a d'elle. Elle a l'air vivante.

*

Cent vingt-cinq ans après sa mort, à bien y regarder, la statue au bouquet de fleurs et la guerrière en armure ne semblent pas tellement inconciliables. La jeune carmélite a eu la bonté de nous donner elle-même la clé de l'énigme, au jour de sa prise d'habit : en assumant jusque dans son nom le grand paradoxe de l'Évangile, elle l'a dénoué du même coup. Thérèse *de l'Enfant-Jésus et de la Saint-Face*. Le dénuement du nouveau-né et le courage du guerrier à l'agonie. Thérèse n'est pas aussi incomprise qu'on l'entend parfois. Sa célébrité ne provient pas d'une méprise, ni d'un prétendu goût des foules pour les facilités rassurantes. Déjà pendant la guerre de quatorze, les soldats des deux camps avaient reconnu en elle la guerrière. Ils en avaient fait une mascotte, et priaient leur « petite sainte » pour tenir le coup dans les tranchées. On raconte même qu'à l'heure de certains assauts, la jeune Normande est apparue nimbée de lumière à la tête des régiments de poilus, un crucifix entre les mains, comme une Jeanne d'Arc. D'autres fois, elle aurait tiré d'un trou d'obus un pauvre hère embourbé.

Je ne suis pas un guerrier qui a combattu avec des armes terrestres[368], avait-elle toutefois précisé sur son lit de mort. Elle avait choisi pour arme la parole de Dieu, une parole tranchante, qui promet aux humbles la gloire, et aux enfants la souveraineté.

Épilogue

La prostitution n'est pas un métier facile.

Les bottines à boutons qui hier encore tournaient sur la moquette incarnate trébuchent dans la poussière. Les fards fondent dans la sueur, les corsets de fausse dentelle ne sont pas faits pour le cagnard, et la voix stridente, essoufflée de Madame, qui dit qu'on y est presque, vous rendrait chèvre.

On aurait peut-être mieux fait de rester au « Grand 7 », quitte à ne pas faire relâche. Derrière les murs à colombages de la rue Saint-Michel, il faisait encore frais au petit jour. Mais quelle femme digne de ce nom serait restée sur le sofa, bras croisés, jambe leste, quand la petite Édith souffre le martyre ? Des mois que l'enfant n'y voit plus. La nuit est tombée comme un drap sur ce petit bout de sept ans à peine. Les médecins sont perplexes, mais déjà ça ricane chez les bigotes, les bourgeoises, les ouvrières. Les clairvoyantes. La petite paie pour sa catin de mère, fille de Belleville à moitié arabe ; pour l'alcoolisme de sa marraine qui ne l'a pas gardée longtemps à demeure, titubant dans les bouteilles ; pour l'avarice et le stupre de sa grand-mère, la maquerelle de Bernay, qui nous aspire nos hommes les soirs de paye et nous fiche la vérole les soirs de cuite.

On a beau dire, pourtant : au « Grand 7 », on a encore un cœur. Alors il a fallu sortir par ce temps de plomb, dans les jupons trop lourds.

Comme toutes ses filles, ça fait un moment que Madame Louise, dite Titine, a entendu parler de Thérèse de Lisieux, morte dans un carmel avant vingt-cinq ans, à la fin du siècle dernier. Tout le monde dit que c'était une sainte. Après que la tuberculose l'avait emportée, en septembre 1897, la ville de Lisieux n'avait plus parlé que d'elle pendant des mois. Puis la légende s'était si bien colportée dans la région les années suivantes que c'était remonté jusqu'à Paris, enfin partout en France, et maintenant dans le monde. Personne n'était vraiment capable de dire ce qu'elle avait fait de sa vie, pourtant. Une religieuse banale – assez jolie tout de même, si l'on en croit les images qui circulent –, entrée au monastère à quinze ans, tombée malade, et restée dans son cloître jusqu'à l'étouffement définitif, neuf ans plus tard. La hiérarchie du Carmel avait alors rassemblé des carnets noircis par Thérèse dans sa cellule pour en faire un livre, *Histoire d'une âme*. Le texte n'avait pas tardé à contredire la moue frileuse des éditeurs parisiens : à l'aube du XXe siècle, des dizaines de milliers d'exemplaires en étaient déjà écoulés.

Au « Grand 7 », on n'a pas lu le livre, mais on a vu les chromos au bouquet de roses, les statues de plâtre peint, les photos. Celle en particulier d'une bourgeoise de quinze ans au sourire fier, au chignon haut, à la taille fine ; une qu'aurait eu toutes ses chances devant Madame Louise. Parce qu'y en a, parfois, des bourgeoises. Sur les photos plus tardives on trouve le même sourire, quoique plus doux peut-être, ou plus triste, sous un voile blanc, puis sous un voile noir. D'autres images moins courantes la montrent encore dans des poses un peu artificielles, bizarres : à genoux dans un jardin fleuri, enlaçant un calvaire, un chapelet entre les doigts, quand ça n'est pas un lys. Une ou deux fois, même, elle est déguisée en chevalier du Moyen Âge, ses beaux cheveux lâchés sur l'épaule. À la fin on l'a immortalisée (si l'on peut dire), couronnée de roses blanches, tout juste vingt-quatre ans, les yeux définitivement clos. Et toujours ce sourire. Ces images pieuses pullulent, enrichies de phrases de la sainte, en lettres d'or ou d'argent : « *Après ma mort, je ferai tomber une pluie de roses.* » « *Tout est grâce.* » « *Mon Dieu je vous aime !* » « *Je veux passer mon ciel à faire du bien sur la terre.* » Depuis qu'elle a passé, Thérèse s'est aussi vu attribuer des guérisons, des miracles en tout genre, et jusqu'à une curieuse puissance pendant la guerre. Dans les paroisses, on parle d'elle comme de la Vierge ou presque. Pourtant, en ce mois d'août 1921 ou 1922, alors que Titine a fait monter dans l'autocar sa petite troupe armée d'éventails, Thérèse n'est pas officiellement sainte. Pire : même pas bienheureuse. Mais elle fait un tel boucan dans le peuple que les curés de Rome épluchent les dossiers, pour voir si le pape doit la béatifier.

À peine descendues du car, il avait fallu grimper dans un train. Un vrai tape-cul. Le trajet avait duré des heures, tout le monde pestait. Madame, la voix rude, sans illusion, tâchait vaguement de consoler la petite Édith dont les jambes se balançaient dans le vide, dont la tête de mendiant aveugle suivait les moindres rires comme pour y avoir part, et dont les yeux sans jour, sous leur bandeau sordide, pouvaient encore verser des larmes. On savait bien, au fond, qu'elle ne reverrait jamais le soleil.

Enfin Lisieux.

Les messieurs enchapeautés saluent dévotement la délégation de robes à fleurs qui remonte la rue du carmel en se frottant les fesses.

Le petite traîne la jambe. On pousse la grille. Les carrés plantés de fleurs des champs bourdonnent d'insectes. Les croix sont couvertes d'une mousse sèche, jaunâtre.

On y est : *1873-1897 – Sœur Thérèse de l'Enfant Jésus.*

— Une redede pas possible.

— Ce que tu peux être sotte, son vrai nom c'est Martin. Ça, c'est son titre de bonne sœur.

On reste là. Un ange passe. Édith pleurniche. Qu'est-ce qu'on est venues faire, au juste ? Qui a jamais été guéri dans un cimetière ? Mais Carole, dite Cabriole, n'aura pas fait le voyage pour rien. Elle attrape Édith et se met à genoux, entraînant dans son geste Suzanne, Judith, puis la grosse Marie, enfin toute la bande hésitante. Alors on fait comme on peut. On récite les prières que l'on sait par cœur. La ferveur monte. On se prend à y croire. On pleure, on chante, on embrasse la croix. On parle à Thérèse, on lui présente la petite aveugle dont on finit par frotter le front avec la terre du cimetière.

Quatre jours plus tard – temps que Lazare avait passé au tombeau avant d'en être tiré par Jésus –, Édith Gassion, dont la voix conquerrait plus tard le monde sous le nom d'Édith Piaf, retrouvait la vue. Toute sa vie, la « Môme » brûlera des cierges à la petite Thérèse, la priera les mains jointes avant de monter sur scène, portera sur sa poitrine un portrait de la sainte.

Les prostituées vous précèdent dans le royaume de Dieu[369], proclamait celui qui non seulement avait ressuscité Lazare, mais envoûté le cœur d'une adolescente, Thérèse Martin, devenue sœur Thérèse de l'Enfant-Jésus et de la Sainte-Face.

Les filles qui avaient arrosé de leurs larmes un carré funéraire pour le salut d'une enfant malade ont elles-mêmes rejoint le cimetière depuis des décennies.

Ça fait longtemps que le Seigneur avait prévenu que seuls les petits enfants seraient admis dans son Royaume. Mais les anges doivent s'amuser de cette bande de gagneuses enfanfreluchées qui dans l'éternité font la ronde autour d'une chanteuse de music-hall et d'une petite Normande déguisée en guerrière.

Je ne me repens pas de m'être livrée à l'amour. Oh ! non, je ne m'en repens pas[370], avait dit Thérèse le jour de sa mort. « Non, rien de rien, non, je ne regrette rien », semble avoir répondu Édith Piaf un demi-siècle plus tard. La petite Thérèse avait peut-être transmis à la Môme son art de la guerre. De toute façon, les enfants ne savent prendre les places fortes que les yeux pleins de larmes, les poings serrés, bouillonnant d'impuissance. Leur première arme, c'est l'immensité de leur désir.

NOTES

1. Depuis deux mille ans, sur des milliers de saints canonisés, seuls trente-sept ont été retenus par l'Église comme « docteurs » en vertu du caractère exceptionnel de leur pensée théologique. Leur enseignement est recommandé à tous.

2. *Derniers entretiens*, in Œuvres complètes, Paris, Cerf, 1992, p. 1086.

3. *Ibid.*, p. 1168.

4. Mt 5,9.

5. Lc 11,4.

6. Mt 11,29.

7. Jn 13,34.

8. Par exemple, 1 S 4,4.

9. Ex 15,3.

10. La Bible rassemble plusieurs dizaines de livres, dont les premiers, de la Genèse au prophète Zacharie, forment ce que l'on appelle l'Ancien Testament, qui est aussi la Bible juive ou Tanakh (regroupant la Torah, les Prophètes et les autres écrits, en particulier

poétiques et de sagesse). La deuxième partie de la Bible, ou Nouveau Testament, constitue sa partie proprement chrétienne. Elle regroupe notamment les quatre Évangiles, mais aussi les actes des Apôtres, de nombreuses lettres, et se referme sur le livre de l'Apocalypse.

11. Mt 10,34.

12. Celui qui en vertu d'une parole du Christ dans l'Évangile détient les clés du ciel sur les fresques du Moyen Âge et les sculptures de la Renaissance, ce qui avec l'âge encourage à gagner ses faveurs.

13. Cf. Rm 15,30 ; 1 Co 15,32 ; 2 Co 10,4 ; Ph 1,30 ; Col 2,1 ; 4,12 ; 1 Tim 6,12 ; 2 Tim 4,7 ; Ep 6,10-20.

14. François, Angélus, 21 février 2021, place Saint-Pierre.

15. Lv 19,18.

16. *Manuscrits*, Points, p. 258.

17. *Ibid.*, p. 259-260.

18. *L'Imitation de Jésus-Christ*, I 3, 4 (trad. Lamennais).

19. *Ibid.*, I 3, 6.

20. C'est-à-dire de sa souffrance et de sa mort, dont le sens est révélé par sa résurrection trois jours plus tard.

21. Jn 15,13.

22. Cf. Mt 4,1-11 : l'évangile de la tentation de Jésus au désert est fondamental pour comprendre la notion de combat spirituel. Mais la victoire suprême du Christ réside dans sa Passion-Résurrection.

23. Ignace de Loyola, *Exercices spirituels*, § 136-137.

24. Cf. François, *Gaudete et exsultate*, 2018.

25. Mt 18,3.

26. *Derniers entretiens*, 30 septembre 1897, p.1144.

27. *Manuscrits*, *op. cit.*, p. 293.

28. Thérèse de Lisieux, *Œuvres complètes*, Paris, Cerf, 1992, PN 54.

29. « Ah ! malgré ma petitesse, je voudrais éclairer les âmes comme les Prophètes, les Docteurs, j'ai la vocation d'être Apôtre… je voudrais parcourir la terre… » (*Manuscrits*, *op. cit.*, p. 224)

30. Jn 12,24-25.

31. Lc 16,15.

32. Pr 29,23.

33. *Manuscrits*, *op. cit.*, p. 86.

34. *Ibid.*, p. 86.

35. *Correspondance*, Cerf, p. 389.

36. *Manuscrits*, *op. cit.*, p. 26.

37. *Ibid.*, p. 26.

38. *Ibid.*, p. 26.

39. 1 Co 1,25 ; 3,18-19.

40. *Manuscrits*, *op. cit.*, p. 41.

41. *Ibid.*, p. 49.

42. *Ibid.*, p. 42.

43. Thérèse s'adresse ici à sa grande sœur Pauline. Les *Manuscrits autobiographiques*, écrits entre janvier 1895 et juin 1897 à la demande de ses supérieures, sont en effet adressés à mère Agnès de Jésus (Pauline Martin) et à mère Marie de Gonzague,

successivement prieures du Carmel de Lisieux. À ces écrits de commande s'ajoute une longue lettre datée de septembre 1896 et adressée à sœur Marie du Sacré-Cœur, nom de religion de Marie, aînée des filles Martin.

44. *Manuscrits, op. cit.*, p. 54.

45. *Ibid.*, p. 51.

46. *Ibid.*, p. 41.

47. *Ibid.*, p. 29.

48. *Ibid.*, p. 32.

49. Nom de la prière que l'on dit avant la nuit.

50. *Manuscrits, op. cit.*, p. 55.

51. *Ibid.*, p. 33.

52. Voir notamment Jacques Le Brun, « Psychanalyse et mystique : quelques questions », in *Champ lacanien*, n° 8, 2010.

53. « Le présent ne nous satisfaisant jamais, l'expérience nous pipe, et de malheur en malheur nous mène jusqu'à la mort qui en est un comble éternel. Qu'est-ce donc que nous crient cette avidité et cette impuissance, sinon qu'il y a eu autrefois dans l'homme un véritable bonheur, dont il ne lui reste maintenant que la marque et la trace toute vide, et qu'il essaie inutilement de remplir de tout ce qui l'environne, recherchant des choses absentes le secours qu'il n'obtient pas des présentes, mais qui en sont toutes incapables, parce que ce gouffre infini ne peut être rempli que par un objet infini et immuable, c'est-à-dire que par Dieu même. Lui seul est son véritable bien. Et depuis qu'il l'a quitté, c'est

une chose étrange qu'il n'y a rien dans la nature qui n'ait été capable de lui en tenir la place : astres, ciel, terre, éléments, plantes, choux, poireaux, animaux, insectes, veaux, serpents, fièvre, peste, guerre, famine, vices, adultère, inceste. Et depuis qu'il a perdu le vrai bien, tout également peut lui paraître tel. » (Pascal, *Pensées,* Laf. 148 ; Sel. 181)

54. Pour se convaincre de la banalité d'un tel mépris de la vie terrestre chez les amoureux de Dieu, on pourra se référer à la littérature sapientiale de la Bible, en particulier à L'Ecclésiaste (« Vanité des vanités, tout est vanité ! », Qo 1,2), mais surtout aux écrits des grands mystiques chrétiens, de saint Augustin à Thérèse d'Avila. Réformatrice du Carmel au XVIe siècle – donc, quoiqu'elle n'en sût rien à l'heure de ses crises enfantines, essentielle dans la vie de la petite Thérèse –, la « Grande Thérèse » écrivait en effet à la fois que « la vie est une mauvaise nuit dans une mauvaise auberge » et que « Dieu seul suffit ».

55. *Manuscrits, op. cit.*, p. 49-50.

56. *Ibid.*, Points, p. 38.

57. *Ibid.*, Points, p. 39.

58. *Ibid.*, Points, p. 41.

59. *Ibid.*, Points, p. 35. Partout on se demande, lorsqu'on parcourt les manuscrits de Thérèse, si comme dans une lettre de saint Paul elle se jette des fleurs, ou si elle atteint à la pure humilité du réalisme.

60. Voir par exemple Léon XIII, *Libertas praestantissimum*, Lettre encyclique sur la liberté humaine, 1888.

61. Jn 8,34.

62. Pas d'inquiétude. Et une chose à la fois. Nous parlerons bientôt de la relation amoureuse Thérèse-Jésus.

63. *Manuscrits*, *op. cit.*, p. 35.

64. *Ibid.*, p. 186.

65. *Ibid.*, p. 38.

66. Voir par exemple *Somme théologique*, Ia, q. 19, a. 6, r. : « Il est impossible que la volonté de Dieu n'obtienne pas son effet. » Et aussi, si on a le courage, q. 25, a. 1, sol. 4 : « La puissance n'est pas attribuée à Dieu comme quelque chose qui diffère réellement de sa science et de sa volonté ; elle n'en diffère que selon la raison formelle, en tant que la puissance implique la raison de principe d'exécution à l'égard de ce que la volonté commande et de la fin vers laquelle la connaissance dirige : ce sont trois aspects en Dieu d'une seule réalité. Ou bien l'on peut répondre que la science elle-même, ou la volonté divine, selon que chacune est un principe efficient, ont raison de puissance. De sorte que la considération de la science et de la volonté précède en Dieu la considération de la puissance, comme la cause précède l'opération et l'effet. »

67. Lc 10,21.

68. *Manuscrits*, *op. cit.*, p. 42.

69. *Ibid.*, p. 26-27.

70. Hélène ; Joseph-Louis ; Joseph Jean-Baptiste ; Mélanie-Thérèse.

71. *Manuscrits*, *op. cit.*, p. 45.

72. *Ibid.*, p. 46.

73. Elle emploiera elle-même l'expression « la grâce de sortir de l'enfance » pour parler de ce tournant essentiel. (*Manuscrits*, *op. cit.*, p. 115)

74. *Manuscrits*, *op. cit.*, p. 47.

75. *Ibid.*, p. 55.

76. *Ibid.*, p. 66.

77. Lettre de juin 1877, LT 3, OC p. 300.

78. Lettre du 23 avril 1882, LT 8, OC p. 302.

79. Lettre de 1882, LT 9, OC p. 303.

80. *Manuscrits*, *op. cit.*, p. 71.

81. *Ibid.*, p. 63.

82. *Ibid.*, p. 63.

83. *Ibid.*, p. 64.

84. *Ibid.*, p. 64.

85. *Ibid.*, p. 87.

86. *Ibid.*, p. 39-40.

87. L'ordre du Carmel avait été d'abord fondé au XIIe siècle par des ermites retirés sur le mont Carmel, en Palestine, sous le patronage du prophète Élie que la tradition attachait à cette montagne. Ces moines avaient adopté la difficile règle de vie écrite par saint Albert de Jérusalem, alors patriarche de la ville sainte. L'ordre s'était par la suite développé, entraînant la fondation de nombreux monastères, en particulier en Occident. Mais alors que la règle avait été mitigée au XVe siècle à la demande de nombreux

moines la jugeant archaïque, Thérèse d'Avila, cent ans plus tard, entrée au Carmel à vingt ans en 1533, avait été effarée du relâchement qui régnait dans les couvents de l'ordre en général et dans le sien en particulier. Il n'y a pas d'archaïsme qui vaille : elle s'était ressaisie de la règle de saint Albert et avait entrepris avec saint Jean de la Croix la réforme qui aboutit à l'ordre des Carmes déchaux, ainsi nommés parce que la règle les privait de chaussettes. La pauvreté est au cœur du charisme carmélitain, comme un témoignage que la vraie joie ne se trouve pas dans les biens temporels.

88. *Manuscrits*, *op. cit.*, p. 72.

89. *Ibid.*, p. 72.

90. *Ibid.*, p. 71.

91. *Ibid.*, p. 71-72.

92. *Ibid.*, p. 72.

93. « Je ne voulais pas venir au Carmel pour recevoir des louanges. » (*Manuscrits*, *op. cit.*, p. 73)

94. *Manuscrits*, *op. cit.*, p. 73.

95. *Ibid.*, p. 74.

96. *Ibid.*, p. 75.

97. *Ibid.*, p. 75.

98. *Ibid.*, p. 78.

99. *Ibid.*, p. 76.

100. *Ibid.*, p. 81.

101. *Ibid.*, p. 81.

102. Cf. Gn 3,14-15 ; s'appuyant sur le récit de la Genèse, la tradition théologique et iconographique

chrétienne fait de la Vierge Marie la femme par excellence, piétinant le diable auteur du mal.

103. *Manuscrits*, *op. cit.*, p. 82.

104. *Ibid.*, p. 82.

105. *Manuscrits*, *op. cit.*, p. 77.

106. *Ibid.*, p. 78.

107. Mc 2,17.

108. *Manuscrits*, *op. cit.*, p. 80.

109. *Ibid.*, p. 83.

110. Jn 14,9.

111. Cf. Mt 11,26-27, et le commentaire de Benoît XVI dans *Jésus de Nazareth* : « La volonté du Fils ne fait qu'un avec la volonté du Père. »

112. *Manuscrits*, *op. cit.*, p. 86.

113. *Ibid.*, p. 86.

114. *Ibid.*, p. 86.

115. *Ibid.*, p. 88.

116. *Ibid.*, p. 88-89.

117. *Ibid.*, p. 92.

118. *Ibid.*, p. 93.

119. « Joie, joie, joie, pleurs de joie », lit-on dans le fameux « Mémorial » du 23 novembre 1654.

120. *Manuscrits*, *op. cit.*, p. 93.

121. « La belle toilette que Marie m'avait achetée, tous les cadeaux que j'avais reçus ne me remplissaient pas le cœur, il n'y avait que Jésus qui pût me contenter, j'aspirais après le moment où je pourrais le recevoir une seconde fois. » (*Manuscrits*, *op. cit.*, p. 94-95)

122. *Manuscrits*, *op. cit.*, p. 93.

123. *Ibid.*, p. 95 ; Thérèse cite Ga 2,20 : « Ce n'est plus moi qui vis, c'est le Christ qui vit en moi. »

124. *Ibid.*, p. 94.

125. *Ibid.*, p. 95.

126. *Ibid.*, p. 95.

127. Mt 6,18-20.

128. *Manuscrits*, *op. cit.*, p. 97.

129. *Ibid.*, p. 113-114.

130. *Confessions*, trad. Arnauld d'Andilly, 8, 8.

131. *Ibid.*, 8, 9.

132. Rm 7,19.

133. *L'Imitation de Jésus-Christ,* III, 38, 1.

134. *Manuscrits*, *op. cit.*, p. 111.

135. *Ibid.*, p. 103-104.

136. *Ibid.*, p. 112-113.

137. *Ibid.*, p. 116.

138. Thérèse fait référence au psaume 18, verset 5.

139. *Manuscrits*, *op. cit.*, p. 115.

140. *Ibid.*, p. 116.

141. *Ibid.*, p. 116.

142. Jc 2,17.

143. Cf. aussi Mc 1,15.

144. *Manuscrits*, *op. cit.*, p. 115.

145. *Ibid.*, p. 117.

146. *Ibid.*, p. 117.

147. *Ibid.*, p. 116.

148. Jn 15,5.

149. *Manuscrits*, *op. cit.*, p. 86.

150. Cf. le mot de saint Paul (Ga 2,20) répété par Thérèse le jour de sa première communion (voir. *supra*).

151. Mt 11,28-29.

152. Jn 19,28.

153. *Manuscrits*, *op. cit.*, p. 117.

154. *Ibid.*, p. 117.

155. Mt 25,35-40.

156. *Manuscrits*, *op. cit.*, p. 117.

157. *Ibid.*, p. 117.

158. *Ibid.*, p. 46.

159. *Ibid.*, p. 126.

160. *Ibid.*, p. 126.

161. *Ibid.*, p. 117.

162. *Ibid.*, p. 118.

163. *Ibid.*, p. 118.

164. *L'Imitation de Jésus-Christ*, III, 5, 4.

165. *Manuscrits*, *op. cit.*, p. 118.

166. « Pranzini », *La Croix*, 1er septembre 1887, p. 1-2.

167. *Manuscrits*, *op. cit.*, p. 118.

168. *Ibid.*, p. 119.

169. *Ibid.*, p. 119.

170. *Ibid.*, p. 119.

171. Ez 16,8-13.

172. *Manuscrits*, *op. cit.*, p. 120.

173. Thérèse fait à cette époque de Céline, pourtant de six ans son aînée, sa disciple.

174. *Manuscrits*, *op. cit.*, p. 123-124.

175. « Lorsqu'un jardinier entoure de soins un fruit qu'il veut faire mûrir avant la saison, ce n'est jamais pour le laisser suspendu à l'arbre, mais afin de le présenter sur une table brillamment servie. C'était dans une intention semblable que Jésus prodiguait ses grâces à sa petite fleurette... Lui qui s'écriait aux jours de sa vie mortelle dans un transport de joie : "Mon Père, je vous bénis de ce que vous avez caché ces choses aux sages et aux prudents et que vous les avez révélées aux plus petits" voulait faire éclater en moi sa miséricorde ; parce que j'étais petite et faible il s'abaissait vers moi, il m'instruisait en secret des choses de son amour. [...] Comme le dit saint Jean de la Croix en son cantique : "Je n'avais ni guide, ni lumière, excepté celle qui brillait dans mon cœur, cette lumière me guidait plus sûrement que celle du midi au lieu où m'attendait Celui qui me connaît parfaitement." Ce lieu, c'était le Carmel ; avant de "me reposer à l'ombre de Celui que je désirais", je devais passer par bien des épreuves, mais l'appel Divin était si pressant que m'eût-il fallu traverser les flammes, je l'aurais fait pour être fidèle à Jésus... » (*Manuscrits*, *op. cit.*, p. 125)

176. *Manuscrits*, *op. cit.*, p. 119.

177. « Depuis longtemps je me nourrissais de la "pure farine" contenue dans *L'Imitation*, c'était le seul livre qui me fît du bien, car je n'avais pas encore trouvé les trésors cachés de l'Évangile. Je savais par cœur presque tous les chapitres de ma chère *Imitation*, ce petit livre ne me quittait jamais ; en été,

je le portais dans ma poche, en hiver dans mon manchon. » (*Ibid.*, p. 121)

178. Mc 2,17.
179. Lc 7,47.
180. Mt 9,13.
181. *Manuscrits, op. cit.*, p. 125.
182. *Ibid.*, p. 207.
183. Ga 5,22-23.
184. 1 Co 12,12-27.
185. Cf. *supra*, n. 95.
186. Thérèse d'Avila, *Le Château de l'âme*, Paris, Seuil, « Points », 1997, p. 40.
187. *Ibid.*, p. 68.
188. *Ibid.*, p. 259.
189. *Manuscrits, op. cit.*, p. 125.
190. *Ibid.*, p. 84.
191. LT 201, Lettre au P. Roulland, 1er novembre 1896, in *Œuvres complètes, op. cit.*, p. 560.
192. *Ibid.*
193. *Manuscrits, op. cit.*, p. 127.
194. Cf. Ac 2.
195. *Manuscrits, op. cit.*, p. 127.
196. *Ibid.*, p. 127-128.
197. *Ibid.*, p. 128.
198. *Ibid.*, p. 129.
199. *Ibid.*, p. 130.
200. *Ibid.*, p. 130.
201. *Ibid.*, p. 131.
202. LT 201, *op. cit.*, p. 560.
203. *Manuscrits, op. cit.*, p. 133.

204. *Ibid.*, p. 133.
205. *Ibid.*, p. 139.
206. *Ibid.*, p. 139.
207. *Ibid.*, p. 145 ; et cf. p. 144-145.
208. *Ibid.*, p. 21.
209. *Ibid.* p. 142-143.
210. *Ibid.*, p. 147-148.
211. *Ibid.*, p. 143.
212. *Ibid.*, p. 166.
213. LT 32, Lettre à Mme Guérin du 14 novembre 1887, in *Œuvres complètes, op. cit.*, p. 325.
214. *Manuscrits, op. cit.*, p. 155.
215. *Ibid.*, p. 154.
216. Lc 22,29.
217. *Manuscrits, op. cit.*, p. 158.
218. LT 36, *op. cit.*, p. 329.
219. *Ibid.*
220. *Ibid.*
221. *Ibid.*
222. *Ibid.*
223. *Manuscrits, op. cit.*, p. 168.
224. LT 201, *op. cit.*, p. 560.
225. *Manuscrits, op. cit.*, p. 136-137.
226. *Ibid.*, p. 173.
227. *Ibid.*, p. 174.
228. *Ibid.*, p. 174.
229. *Ibid.*, p. 174.
230. LT 89, Lettre à Céline du 26 avril 1889, in *Œuvres complètes, op. cit.*, p. 389.
231. *Manuscrits, op. cit.*, p. 174.

232. *Ibid.*, p. 294.

233. Cf. Qo 1,2.

234. LT 58, Lettre à M. Martin du 31 juillet 1888 in *Œuvres complètes, op. cit.*

235. Ap 21,4.

236. *Cité de Dieu,* XXII, 30,5.

237. LT 79, Lettre à sœur Marie du Sacré-Cœur du 8 janvier 1889, in *Œuvres complètes, op. cit.*, p. 375.

238. *Manuscrits, op. cit.*, p. 230.

239. *Ibid.*

240. C'est très simple : Dieu est amour (c'est écrit dans la Bible), Jésus est Dieu (c'est écrit dans la Bible). Jésus mourant sur la croix, c'est donc l'amour mis à mort par le péché des hommes. Thérèse comprend donc progressivement à la lumière de l'Évangile le sens de sa vie austère, cloîtrée, ascétique : s'unir à l'amour souffrant, pour la vie de tous les hommes. Évidemment, il faut croire en Dieu pour y croire.

241. *Manuscrits, op. cit.*, p. 201-202.

242. Jn 1,18.

243. LT 57, Lettre à Céline du 23 juillet 1888, in *Œuvres complètes, op. cit.*, p. 350.

244. *Manuscrits, op. cit.*, p. 201-202.

245. Cf. Jn 13,34.

246. *Manuscrits, op. cit.*, p. 177-178.

247. *Ibid.*, p. 175.

248. C'est-à-dire que, au terme d'un an de vie monastique comme postulante, elle entre au noviciat, et reçoit la bure et le voile blanc des novices.

249. *Manuscrits*, *op. cit.*, p. 177-178.

250. Pri 16, in *Œuvres complètes*, *op. cit.*, p. 972.

251. *Manuscrits*, *op. cit.*, p. 190-191.

252. *Ibid.*, p. 191.

253. Le jour même, elle adresse un billet à son « divin époux » : « Que ta volonté soit faite en moi parfaitement, que j'arrive à la place que tu as été devant moi me préparer... Jésus, fais que je sauve beaucoup d'âmes, qu'aujourd'hui il n'y en ait pas une seule de damnée et que toutes les âmes du purgatoire soient sauvées... Jésus pardonne-moi si je dis des choses qu'il ne faut pas dire, je ne veux que te réjouir et te consoler. » (*Ibid.*, p. 305)

254. *Ibid.*, p. 193-194.

255. Cf. LT 244, Lettre à l'abbé Bellière du 9 juin 1897 in *Œuvres complètes*, *op. cit.*

256. Cf. *supra*, p. 26 et 120.

257. « Je suis maintenant en retraite, et en retraite il n'est pas permis d'écrire, mais notre Mère m'a permis de t'envoyer ce petit mot pour te remercier, tu es si bon pour ta Reine ; et puis, sans doute, s'il est défendu d'écrire, c'est pour ne pas troubler le silence de la retraite, mais peut-on troubler sa paix en écrivant à un Saint ? À jeudi, mon Roi chéri, ta petite Reine t'embrasse de cœur en attendant qu'elle puisse le faire véritablement. /La Reine de France et de toutes les Navarre / Thérèse de l'Enfant Jésus post. carm. ind. » (LT 77, Lettre à M. Martin du 8 janvier 1889, in *Œuvres complètes*, *op. cit.*, p. 374.

258. LT 155, Lettre à M. et Mme Guérin du 29 décembre 1893, in *Œuvres complètes, op. cit.*, p. 485.

259. Même si toutes les lettres de cette époque ont été détruites, cf. *Œuvres complètes, op. cit.*, p. 1305.

260. LT 57, Lettre à Céline du 23 juillet 1888, in *Œuvres complètes, op. cit.*, p. 350.

261. Pri 17, *Ibid.*, p. 973.

262. Pri 17, *Ibid.*, p. 972.

263. LT 57, Lettre à Céline du 23 juillet 1888, *Ibid.*, p. 350-351.

264. Pri 17, *Ibid.*, p. 973.

265. Pri 17, *Ibid.*, p. 973.

266. Cf. Mt 16,23.

267. Ac 20,35u.

268. *Ibid.*, p. 275.

269. Les lettres de Thérèse à Céline durant toute la période de la maladie de Louis sont toujours tendres, mais souvent, en même temps, terribles d'intransigeance, d'exhortation à la sainteté et de renonciation aux plaisirs mondains.

270. *Manuscrits, op. cit.*, p. 250.

271. *Ibid.*, p. 251.

272. *Ibid.*

273. *Ibid.*, p. 277-278.

274. Lc 14,31-32.

275. LT 86, Lettre à Céline du 15 mars 1889, in *Œuvres complètes, op. cit.*, p. 386.

276. Thérèse d'Avila, *Le Château intérieur*, Septièmes demeures, ch. IV.

277. LT 89, Lettre à Céline du 26 avril 1889, *ibid.*, p. 389.

278. *Ibid.* p. 390.

279. *Manuscrits, op. cit.*, p. 274.

280. *Ibid.*, p. 289.

281. Lettre 197, Lettre à sr Marie du Sacré-Cœur du 17 septembre 1893, in *Œuvres complètes, op. cit.*, p. 553.

282. LT 92, Lettre à Marie Guérin du 30 mai 1889, *ibid.*, p. 393.

283. « Celui qui commence sans confiance a perdu d'avance la moitié de la bataille », écrivait le pape en 2013 (*Evangelii gaudium*, § 85).

284. Cf. LT 92, Lettre à Marie Guérin du 30 mai 1889, in *Œuvres complètes, op. cit.*, p. 393.

285. *Ibid.*, p. 394.

286. LT 92, Lettre à Marie Guérin du 30 mai 1889, *ibid.*, p. 393.

287. *Manuscrits, op. cit.*, p. 298.

288. *Ibid.*

289. *Ibid.*

290. *Ibid.*, p. 300.

291. *Ibid.*, p. 220.

292. Mt 18,21-22.

293. Lc 8,44-47.

294. *Manuscrits, op. cit.*, p. 175.

295. *Ibid.*, p. 101-102.

296. *Ibid.*, p. 101.

297. *Ibid.*, p. 100-101.

298. *Ibid.*

299. *Ibid.*, p. 125.

300. Voir par exemple *Manuscrits, op. cit.*, p. 105, 207, 220.

301. *Ibid.*, p. 301.

302. LT 247, Lettre à l'abbé Bellière du 21 juin 1897, in *Œuvres complètes, op. cit.*, p. 604.

303. *Ibid.*, p. 604.

304. *Ibid.*

305. Cf. *supra*, p. 45.

306. Jn 4,37.

307. *Manuscrits, op. cit.*, p. 185.

308. *Ibid.*, p. 240.

309. Pr 9,4.

310. *Manuscrits, op. cit.*, p. 240-241.

311. Is 46,12 ; cf. *Manuscrits, op. cit.*, p. 241.

312. *Ibid.*

313. Mt 18,3.

314. *Manuscrits, op. cit.*, p. 229.

315. Mc 10,45.

316. *Manuscrits, op. cit.*, p. 223.

317. *Ibid.*, p. 223-224.

318. *Ibid.*, p. 224.

319. *Ibid.*, p. 225.

320. *Ibid.*, p. 226-227.

321. Thérèse n'est pas seule à formuler un tel désir : toute la mystique chrétienne aboutit à cette prière. Parmi des myriades d'autres, on trouve par exemple chez Maître Eckhart, au début du XIVe siècle, la formule suivante : « Dieu n'attend qu'une seule chose de vous, et cette chose est que vous sortiez de vous-même

tant que vous êtes un être créé pour laisser Dieu être Dieu en vous. » (Maître Eckhart, *Être Dieu en Dieu*, Seuil, Points, 2008)

322. *Manuscrits, op. cit.*, p. 209.
323. *Ibid.*, p. 279.
324. *Ibid.*, p. 280.
325. *Ibid.*
326. *Ibid.*
327. *Ibid.*, p. 298.
328. *Ibid.*, p. 194.
329. *Ibid.*, p. 245.
330. *Ibid.*
331. *Ibid.*, p. 247.
332. *Ibid.*, p. 248.
333. *Ibid.*
334. *Ibid.*, p. 249.
335. *Ibid.*, p. 250.
336. *Ibid.*
337. 1 Jn 4,20.
338. Mt 6,46-48.
339. Mt 5,15.
340. Mt 5,15.
341. *Manuscrits, op. cit.*, p. 257.
342. *Ibid.*, p. 285-286.
343. *Ibid.*
344. *Ibid.*, p. 261.
345. *Ibid.*, p. 260.
346. *Ibid.*, p. 260-261.
347. *Ibid.*, p. 268.
348. *Ibid.*

349. *Ibid.*
350. *Ibid.*, p. 262.
351. *Ibid.*, p. 290.
352. *Ibid.*, p. 265.
353. *Ibid.*, p. 276.
354. *Ibid.*
355. *Ibid.*, p. 277.
356. *Ibid.*
357. *Ibid.*, p. 276.
358. Lc 22,43-44.
359. *Derniers entretiens*, Carnet jaune, in *Œuvres complètes*, *op. cit.*, p. 1106.
360. *Ibid.*, p. 1137.
361. *Ibid.*, p. 1133.
362. *Ibid.*, p. 996.
363. Ap 22,12.
364. *Derniers entretiens*, *op. cit.*, p. 997.
365. LT 253, Lettre à l'abbé Bellière du 13 juillet 1897, in *Œuvres complètes*, *op. cit.*, p. 608.
366. *Derniers entretiens*, *op. cit.*, p. 1050.
367. *Ibid.*, p. 1144.
368. *Ibid.*, p. 1086.
369. Mt 21,31.
370. *Derniers entretiens*, 30 septembre 1897, *op. cit.*, p. 1144.

Remerciements

Merci à Thérèse Martin, Marie et François de Saint-Cheron, Claude Poquin, Chloé Deschamps et, par ordre alphabétique, Adèle Bastien-Thiry, Claire Berest, Albéric de Gayardon, Fleur d'Harcourt, Clémence Olsina et David Simonetta.

TABLE

Mise en pages Nord Compo
à Villeneuve-d'Ascq

Cet ouvrage a été imprimé
par CPI Bussière
pour le compte des éditions Grasset
à Saint-Amand-Montrond (Cher)
en juin 2023

PAPIER À BASE DE
FIBRES CERTIFIÉES

Grasset s'engage pour
l'environnement en réduisant
l'empreinte carbone de ses livres.
Celle de cet exemplaire est de :
500 g éq. CO_2
Rendez-vous sur
www.grasset-durable.fr

N° d'édition : 22881 – N° d'impression : 2072158
Première édition, dépôt légal : janvier 2023
Nouveau tirage, dépôt légal : juin 2023
Imprimé en France